BATTISTA TARANTINI

ABOVE ALL

2-RÉSISTER

BATTISTA TARANTINI

ABOVE ALL

2-RÉSISTER

BMR

Hachette Livre, 58 rue Jean Bleuzen, 92170 Vanves.

Tu sais, je voudrais ne jamais descendre.

Jean Mermoz

CHAPITRE 1

Le contraste entre la fraîcheur du bois et la chaleur moite de mon ventre parcouru de délicieux picotements me fit frissonner. Andreas posa ses mains sur le bas de mon dos et laissa courir ses doigts sur ma peau fiévreuse, me prodiguant ce qui ressemblait beaucoup à des caresses. Je crus, une seconde, qu'il allait m'envelopper dans ses bras…

— Ça va ? chuchota-t-il doucement.

— Je crois que oui…

Mais la glace était solide, l'hiver loin d'être terminé…

— Alors debout ! Avant qu'un membre de l'équipe de nuit fasse autant de zèle que toi et nous surprenne.

Ainsi en allait-il de nous : un moment de grâce pour des dizaines de situations confuses. Lorsqu'elles n'étaient pas carrément insupportables.

Andreas s'écarta et se mit aussitôt à la recherche de ses vêtements, signant la fin de cet instant périlleux.

Si l'effeuillage avait été des plus torrides, le rhabillage s'effectua dans un silence pesant. Le boxer gris fut rajusté sur ses hanches étroites, le tee-shirt de la même couleur rabattu sur ses abdominaux. J'enfilai ma culotte et agrafai mon soutien-gorge, en tentant de ne pas trahir mon émoi.

— Tu es allé leur rendre visite ? lâchai-je bêtement.

Il se contenta de remonter le zip de sa combinaison. La mienne gisait à mes pieds en un tas informe. Celle que j'allais revêtir dès le lendemain avait échappé au séisme sur un coin de la table.

— Nous avons parlé de ta mission, répondit-il enfin sur un ton détaché. Tardust a tenu à clarifier certains points concernant le timing de ton apprentissage. Ensuite, nous avons évoqué d'autres aspects de l'organisation générale à bord.

Andreas n'avait pas l'air en colère, juste indifférent. Ce qui était bien pire.

— Je parlais de ta famille…

— Ça ne te regarde pas, répliqua-t-il froidement.

Ses prunelles bleu glacier flamboyaient déjà de colère ; j'avais de nouveau déclenché les hostilités.

— Est-ce que tu vas te sentir obligée de me parler de ma femme à chaque fois qu'on baise ? continua-t-il avec plus de virulence.

— Je ne sais pas… Je n'ai jamais entretenu de relation avec un homme marié avant toi.

— Un festival de premières… maugréa-t-il en levant les yeux au ciel.

— Donc, tu es allé chez toi, insistai-je encore.

Il se raidit, une fois de plus. Je ne savais plus si je devais me réjouir ou me morfondre.

— Oui, parce que Darlene n'allait pas… Mais qu'est-ce que je raconte, putain ! s'exclama-t-il en fourrageant dans sa tignasse dorée.

— Darlene n'allait pas quoi ? Te pardonner ? L'apprendre par la bouche de quelqu'un d'autre ? À moins que tu aies fait un tour là-bas pour te rassurer et pouvoir repartir du bon pied sur le *Percival* ? Et ça me regarde cette fois, parce que nous venons encore de baiser sans protection ! Savoir que tu couches avec une autre ne m'enchante pas ! Même si c'est ta femme !

Je demandais finalement des comptes et exigeais des garanties…

Andreas s'était détendu. Il me toisait d'un air goguenard, les bras croisés sur son torse.

— Tu as terminé ? Je vais pouvoir en placer une ?

Je levai les yeux au ciel.

— Je t'en prie.

— D'abord, je te demande de te souvenir de notre dernière conversation à ce sujet.

Je n'avais sûrement pas oublié. Il m'avait expliqué que nous étions seulement deux en lice, cela faisait une de trop bien sûr.

— Ensuite, je ne tiens pas à parler de ma vie conjugale. Quand je suis en mission, je ne suis ni célibataire ni marié. Je suis un soldat, rien d'autre. Enfin, je me fous de ce que tu en penses.

Son regard devint fuyant, ses doigts s'agitèrent sur son avant-bras. Cela me donna d'autant plus l'envie de le percer à jour.

— La priorité est de savoir à quoi nous en tenir lorsque les choses dérapent, reprit-il avec plus d'assurance.

— Comme ce soir ?

Il hocha la tête en soupirant.

— Comme ce soir. En ce qui me concerne, les choses sont claires.

— Elles le sont pour moi aussi.

— Si nous couchons ensemble et coopérons comme cet après-midi, tout ira bien.

Il énonça son verdict d'une voix assurée. Évidemment, je ne partageais pas les mêmes perspectives d'avenir…

— Et devant les autres, on fait comment ?

— Je suis d'avis d'officialiser notre liaison.

Je le fixai, bouche bée.

— Je plaisante !

Enfoiré…

— Nous nous cantonnerons au protocole.

— Je te donnerai du « capitaine », toi du « lieutenant *Snow l'Incapable* » ?

— À quelques nuances près.

— D'accord.

— Bien, termina-t-il avec un sourire satisfait.

— Parfait, renchéris-je en l'affrontant du regard.

Le sien se fit plus grave.

— Je ne veux pas que tu me haïsses, Lex. Pas tout le temps…

J'aurais pu considérer cet aveu comme une déclaration d'amour. J'aurais même dû le questionner, pour le sommer de me livrer la vérité, mais je ne voulais pas briser ce qui se tissait entre nous. Aussi fragile que cela puisse être.

— J'y vais alors, finis-je par dire, confuse.

— Dans cette tenue ?

Je n'avais pas pris le temps d'enfiler les manches de la combinaison qui pendaient sur mes cuisses.

Il me fixa avec des flammes dans les yeux.

— Et pourquoi pas ? le défiai-je en levant le menton.

Il se rapprocha et ses mains encerclèrent délicatement ma nuque.

— Ne va pas trop loin. Je pourrais prendre des sanctions contre toi, souffla-t-il en penchant ma tête en arrière.

Ses lèvres effleurèrent les miennes et je tremblai entre ses bras.

— Je rêve d'en voir la couleur, Andreas…

Les yeux polaires se rétrécirent. Je priai pour que le charme opère de nouveau et que le « capitaine Van Allen » perde tout contrôle.

Mais cela n'arriva pas.

— Il faut aller dormir… souffla-t-il au creux de mon oreille.

Il déposa un baiser sur ma tempe, puis me relâcha.

La seconde d'après, il n'était plus là.

Le jour venait à peine de se lever, lorsque je fus de retour sur le pont. Une dizaine d'hommes se trouvaient déjà dans le hall central, le menton en l'air, les yeux rivés sur les hauteurs. Je blêmis en découvrant le spectacle dont ils se gaussaient : Ganipy était attaché par les chevilles et les poignets sur une rambarde en acier. En tee-shirt et caleçon, bâillonné, il s'agitait comme un beau diable devant nous.

Drake et Pierce venaient donc de passer à l'action.

Ce n'était pas tout à fait ce que j'avais eu à l'esprit pour dissuader Ganipy de me harceler. J'éprouvai même une vive pitié en contemplant la victime se débattre et tirer sur ses liens.

Tandis que je me demandais quelle idée plus judicieuse j'aurais pu souffler à mes anges gardiens, Andreas fit irruption sur le pont. Ses cheveux encore humides pointaient dans tous les sens. Il était rasé de près, fringant dans sa combinaison de vol, sexy à en mourir. Comme dans un film hollywoodien, comme dans un rêve.

Il fronça les sourcils en découvrant ce qui avait attiré notre attention. Je le surpris en train de chercher mon regard et tournai la tête en direction de Ganipy qui avait viré au rouge pivoine et paraissait sur le point d'étouffer.

— Qui a fait ça ? commença-t-il sévèrement.

On l'ignora et les rires redoublèrent. C'était sans compter sur le tempérament autoritaire du capitaine Van Allen.

— Fermez-la ! vocіféra-t-il. Et détachez-le !

Tout le monde se tut, mais personne n'obtempéra.

Il parcourut nos rangs des yeux et entra dans une colère noire dont je n'aurais pas voulu faire les frais.

— Où est-ce que vous vous croyez ? Drake ! Et quelqu'un d'autre pour le descendre !

Le comble de l'ironie ! L'intéressé ne bougea pas.

— Drake, c'est un ordre !

— On ne me paye pas pour faire le ménage, le défia-t-il.

Drake se tourna vers moi et je devins sûrement très pâle. Je l'aurais étranglé sur-le-champ pour ce formidable manque de discrétion.

Cela n'échappa pas à mon supérieur qui m'interrogea aussitôt du regard. Je tournai la tête et me concentrai sur Pierce qui s'avançait vers le supplicié.

Un grand silence régnait sur le pont. Tout le monde guettait la réaction du capitaine. Il ne pouvait pas faillir, au risque de voir son pouvoir remis en question.

J'étais certaine qu'il s'apprêtait à rugir sur le récalcitrant lorsque Jerry, qui venait d'arriver, s'avança et rejoignit Kenneth.

— Je vais l'aider.

Andreas fut surpris. Ses yeux clairs voyagèrent de Ganipy à Drake, en passant par Pierce. Son dernier regard fut pour moi, avant qu'il tranche et mette un terme au fâcheux épisode :

— Retournez à vos postes !

Le petit groupe se dispersa aussitôt. Je les suivis en veillant néanmoins à m'attarder derrière les hommes.

— Drake, tu viens avec nous, ajouta Andreas, bien décidé à ne pas en rester là.

Bien que sur le point d'emprunter l'escalier qui menait à l'îlot, je me retournai une dernière fois.

Drake et Andreas échangeaient des amabilités. Quand leurs regards convergèrent en même temps vers moi, je fus prise de vertiges.

Drake m'avait-il trahie ?

Ganipy lui-même allait peut-être parler. Je me sentis encore plus mal en m'imaginant rendre des comptes dans le bureau du commandant. Et expliquer pourquoi Ganipy me faisait chanter, même s'il avait commis une faute infiniment plus grave que nous.

Pourquoi avais-je sacrifié ma fierté pour protéger cet homme qui se fichait éperdument de moi ? Ou peut-être pas tant que ça, après tout. Car Andreas avait inventé un arrangement tordu plutôt que de renoncer à nous.

Il était mon supérieur, mon instructeur de vol désormais, et je m'étais entichée de lui trop vite.

Une chose demeurait certaine : j'allais souffrir, car il ne serait jamais le prince charmant d'un conte de fées.

En entrant dans la salle de travail, je rougis devant *notre* table. Celui qui y avait étalé des cartes et des documents n'avait pas imaginé ce qui avait pu s'y dérouler quelques heures auparavant.

Je soupirai avant de m'atteler à la tâche. Sans ordre précis ce matin-là, j'allais me cantonner à la routine. Il me fallait être active, constamment sur la brèche, pour survivre à mes états d'âme.

Un quart d'heure plus tard, Jerry fit son entrée, accompagné de la divine incarnation de Lucifer.

— Snow, Drake vous attend dans le hangar, me lança Andreas en fixant la table, à son tour.

Il esquissa un sourire, avant de repartir. Ce fut bref mais intense, précisément ce pour quoi j'étais dans un pétrin sans nom depuis mon arrivée sur le *Percival.*

— Quel est le problème avec Ganipy ? attaqua Jerry dès que la porte se referma.

J'évitai son regard et empruntai le même chemin qu'Andreas avant moi, mais Jerry me retint par le bras avant que je m'échappe.

— Drake et Pierce sont mêlés à ça ?

Il était temps de s'affoler.

— Qu'est-ce qui te fait penser ça ?

— Vous aviez l'air d'être de connivence, tous les trois. Surtout après le refus de Drake de porter secours à Ganipy.

— Pierce l'a fait, non ? rétorquai-je de mauvaise foi.

— Bien sûr... grommela-t-il, pas convaincu.

Il me relâcha et je filai sans demander mon reste.

Jerry était perspicace – autant que persévérant –, et il couchait avec April qui ne savait pas tenir sa langue. Qui sait ce qu'il marchanderait avec elle pour parvenir à ses fins...

Je fus dans les hangars moins de cinq minutes plus tard. J'y trouvai Drake, aux prises avec un Hornet.

— Salut, Miss Météo !

Il se détourna de l'avion qu'il bichonnait. Sa combinaison ouverte laissait apparaître un maillot de corps blanc, ses mains et ses avant-bras nus étaient zébrés de cambouis.

— Qu'est-ce que tu as fabriqué ? ris-je en le matant un peu plus que d'habitude.

— Chirurgie ! s'écria-t-il en ouvrant ses bras.

Avant de me tendre sa paume.

— *Check,* Snow *!* Tu as vu ce qu'on a fait à ce connard ?

Je me rapprochai pour parler plus bas.

— Arrête, il y a du monde ici... Et je m'attendais à quelque chose de plus discret...

— T'en fais pas ! On a pris toutes nos précautions. Il ne saura jamais qui l'a attaqué au détour d'un couloir !

J'étais à moitié soulagée.

— Les Van Allen ont entendu sa version ?

— Il n'a rien eu à leur dire. Et il ne se vantera pas de t'avoir harcelée !

Il fronça les sourcils, avant de poursuivre sur un ton plus sérieux.

— À moins que ses agissements soient liés à ce que tu me caches. Tu étais en position de le traîner devant nos autorités, et tu ne l'as pas fait. Je ne suis pas idiot.

Il était désormais exclu de soutirer des informations à Drake sur le passé d'Andreas. Il ne manquerait pas de faire des rapprochements évidents.

— Il n'y a rien à dire. Si Ganipy persiste dans ses agissements, j'aviserai…

J'allais surtout prier pour que cela lui ait servi de leçon.

— Rien n'est réglé, Snow.

Drake posait sur moi un œil inquisiteur. Il était temps d'inverser la vapeur.

— Et si on parlait plutôt de ta santé ?

Son visage devint livide et ses lèvres se crispèrent.

— Ça, c'est un coup bas…

— Tu comptes en parler à April ?

— J'ai compris… grommela-t-il. On remet les compteurs à zéro, la vie continue.

— C'est toi le chef, triomphai-je sans modestie, mais avec quelques remords.

Nous travaillâmes toute la matinée dans le ventre des chasseurs. J'aimais autant la mécanique des voitures que celle des avions, et je regrettai de ne pas avoir pris le temps de satisfaire cette curiosité plus tôt. Drake vouait une passion infinie à l'aviation et savait la transmettre. Tout profane se serait laissé embarquer de la même manière que moi.

Durant la séance, il fut cependant difficile de ne pas fixer sa main gauche qui tremblait…

Après avoir déjeuné avec mon instructeur, je filai me griller une cigarette sur le pont quatre. Sans surprise, j'y retrouvai l'homme de tous les dangers. De tous mes fantasmes, aussi.

Andreas se retourna et s'adossa à la rambarde.

— Lieutenant Snow… me salua-t-il avant de fixer à nouveau l'horizon.

Je m'approchai à pas lents et m'accoudai à ses côtés sur les épais tubes en acier.

— Capitaine…

Il porta la cigarette à ses lèvres pour en tirer une longue bouffée.

— Elle n'allait pas bien, déclara-t-il sans préambule.

L'océan mugit autour de nous.

Il me fallut quelques secondes pour comprendre de quoi il parlait.

— Elle et moi… Ça ne va plus depuis un moment déjà… poursuivit-il. Mais je dois l'aider quand ça devient trop difficile.

Comment ça, « trop difficile » ? Et pourquoi ?

— C'est tout à ton honneur, dis-je à la place.

Il hocha la tête.

— Je ne tiens pas à rentrer dans les détails. Tu sais aussi bien que moi que notre relation n'a aucun avenir, mais je tiens à être honnête avec toi.

Mon cœur se fendit en deux.

Il s'écarta du bastingage et saisit fermement mon bras pour nous rapprocher. Ses grands yeux en amande s'allumèrent en même temps que le volcan endormi dans mon ventre.

— Est-ce que tu es mêlée, de près ou de loin, à l'épisode de ce matin ?

Ganipy n'avait donc pas parlé. Cela signifiait que ce connard n'allait pas en rester là. Avec tout l'aplomb dont je fus capable – et en me débattant pour ne pas me noyer dans l'océan de ses iris pâles –, je parlai d'une voix ferme :

— Non, Andreas.

— T'ai-je donné l'autorisation de m'appeler par mon prénom ? s'amusa-t-il.

— T'ai-je donné l'autorisation de m'embrasser dans ton bureau, la semaine dernière ?

Répondre à ses questions en en posant d'autres, devenait une habitude. Je n'avais pas trouvé mieux pour contrer ses attaques.

Il recula d'un pas et plongea une main dans ses beaux cheveux couleur miel.

— Je te jure que ce n'était pas prémédité… souffla-t-il, en proie au désarroi.

— Peut-être, mais il en faudra beaucoup pour effacer cet affront.

Andreas arqua un sourcil.

— Par « beaucoup », tu penses à *beaucoup* plus que ce que nous avons fait hier soir ? demanda-t-il, l'air canaille.

Le rouge me monta aux joues.

— Je pensais plutôt à ce que nous avons accompli dans le ciel… mentis-je effrontément, subjuguée par les lèvres sur lesquelles se dessinait un sourire ravageur.

— Tu risques d'être servie : je t'attends sur le simulateur dans dix minutes.

Comment la journée pouvait-elle se dérouler sereinement après ce numéro ?

Je m'écartai de lui à contrecœur et me dirigeai vers la porte.

— Je ne vous ai pas entendu confirmer, lieutenant Snow, lança-t-il moins gentiment.

Je me retournai pour le fusiller du regard.

— À vos ordres ?

— À vos ordres, qui ?

— *Andreas ?* continuai-je sur ma lancée.

Je me sentis forte, presque victorieuse. Jusqu'à ce que ce bel enfoiré me rappelle qui commandait en ces lieux :

— Vous ne perdez rien pour attendre, Lex…

Lieutenant, Capitaine. Lex, Andreas. Nous surfions au gré d'un joyeux mélange des genres.

Mais il eut finalement le dernier mot.

— Attachez ces cheveux qui vous tombent sur les yeux. On n'a pas idée de prétendre voler dans ces conditions !

Quoi que je tente, nous en arrivions au même point, à savoir lui et moi en train de nous affronter puis, la minute d'après, de nous envoyer en l'air avec fureur. Je soignai ma sortie en claquant derrière moi la lourde porte menant à l'intérieur du navire. Énervée, curieuse et… excitée.

CHAPITRE 2

Pour la troisième fois depuis le début de la séance, l'image se figea et un bip strident annonça la fin de l'exercice.

— Qu'est-ce que tu fous ? s'emporta Andreas qui usait jusque-là d'une étrange patience.

Je m'affalai contre le dossier en contenant mon découragement, tandis qu'il me renvoyait sur la piste du pont d'envol.

Je battais des records de nullité. Une déconvenue plutôt inattendue après les lauriers de la veille. Et une raison de plus pour affirmer que le pilotage n'était pas une science exacte.

— Concentre-toi, putain… répéta-t-il, enfin agacé.

Cela s'avérait difficile quand je respirais son odeur. Encore heureux que le cockpit du T-45 ne m'obligeait pas à l'avoir à mes côtés lorsque j'avais nos vies entre mes mains.

— Qu'est-ce que je dois faire pour que tu retrouves tes moyens ? vociféra-t-il en pianotant sur la télécommande.

Je ne manquais pas d'idées en la matière…

Il ajusta les derniers paramètres de réglage de l'appareil.

— Respire, Lex... On y retourne.

Je saisis les commandes et serrai les dents avant de lancer à pleine vitesse l'appareil. J'aperçus encore plus tôt qu'auparavant l'extrémité du pont d'envol sur l'écran.

— Qu'est-ce que tu as fait ? paniquai-je.

— À ton avis ? Quand tu voleras sur un Hornet, tu n'auras pas le temps de fumer une cigarette avant de décoller !

— Ce n'est pas demain la veille... murmurai-je en tirant le manche.

— Ni même après-demain si tu continues comme ça.

Va te faire foutre.

Il sursauta.

— Tu veux bien répéter ?

J'avais dû le penser trop fort...

— Je suis prête, grommelai-je entre mes dents.

— Je n'en attendais pas moins de toi, triompha Andreas en souriant.

Les deux heures suivantes, il démonta tous les exercices que j'effectuai pourtant avec application. Il se permit même de commenter à plusieurs reprises mon premier succès, en évoquant la « chance du débutant ».

— Stop !

Découragée, je finis par lâcher brusquement toutes les commandes.

Tu as gagné, espèce d'enfoiré.

— Tu laisses tomber ? demanda Andreas en m'observant avec attention. Tu es ce genre de personne qui abandonne si facilement ?

C'en était trop. Drake ne m'épargnait pas mais n'était pas aussi sadique lorsque je m'entraînais avec lui.

— Drake ne…

— C'est moi ton instructeur référent, m'interrompit-il. Drake n'a aucune compétence en la matière. D'ailleurs, tu passes beaucoup trop de temps avec lui. Ce n'est pas bon pour ta préparation mentale.

— Permets-moi d'en douter, m'insurgeai-je. Et c'est toi qui…

— Ça suffit, on continue !

— Sans moi ! répondis-je en enjambant le cockpit.

Il contourna le simulateur à toute allure pour me cueillir à la descente.

— Tu restes là, ordonna-t-il en me retenant par le poignet.

— Non, je vais prendre l'air.

Mais Andreas n'avait pas dit son dernier mot… Il tira sur l'articulation et je basculai dans les bras qu'il tendit pour me rattraper. Le feu aux joues, je contemplai avec une délicieuse terreur le sourire diabolique qui s'affichait sur ses lèvres.

— Tu te montres toujours plus docile dans ce genre de situation, Snow…

Vrai.

Je le repoussai aussitôt, reculai sans un mot, puis quittai la pièce sans me retourner, maudissant Tardust et sa cohorte d'abrutis qui pensaient que j'étais à la hauteur de ce défi.

Sans parler de moi qui n'avais pu résister à ce nouvel appel du ciel.

Enfoirés.

Je revins un quart d'heure plus tard, le sang chargé d'une dose conséquente de nicotine.

« Tu es ce genre de personne ? Qui abandonne si facilement ? »

Absolument pas ! Et j'allais le lui prouver !

Malheureusement, je trouvai Egor Sachs à ma place, et le jeune Peyton à celle d'Andreas.

Je soupirai en pensant déjà à ce qui m'attendait quand je recroiserais le capitaine Van Allen…

En sortant de la salle, j'aperçus Ganipy au bout du couloir. Il rebroussa chemin lorsqu'il me vit ; l'opération commando de Drake et Kenneth avait porté ses fruits. J'espérais que le maître principal se déroberait encore longtemps.

Je retrouvai April dans sa cabine à la fin de la journée. Quelle ne fut pas ma surprise d'y rencontrer aussi Zora Weet – assise en tailleur sur le lit.

Cette dernière ne mit pas longtemps à réagir lorsqu'elle me vit passer le seuil de la chambre minuscule.

— Il ne manquait plus qu'elle ! gronda-t-elle en se levant brusquement.

April souffla d'agacement avant de bondir à son tour pour se placer entre nous.

— Qu'est-ce qui merde, là ?

Je n'allais pas me faire prier pour vider mon sac.

— Demande-le-lui !

— Zora ? l'interrogea April.

Weet ne prit pas la peine de me regarder et repoussa son bras.

— Je vais me coucher, doc.

Elle quitta la cabine, me laissant en tête-à-tête avec une April désappointée.

— Alexi… soupira-t-elle.

Je secouai la tête, navrée.

— Non.

— Oh, si ! Et ce, depuis mon arrivée.

— Non, répéta April en réfléchissant. Je crois bien… Je crois bien qu'elle est jalouse.

— De moi ? C'est une blague ! Elle est sûre d'elle, hyper respectée ! Et franchement, tu l'as regardée

— C'est vrai, admit-elle. Mais elle est comme nous : sa couverture est en béton et dissuade quiconque de l'approcher.

Mouais.

Ma *couverture* ne constituait pas un bouclier aussi efficace que le sien…

— Et c'est quoi le truc caché sous… ses couvertures ?

April en avait trop révélé.

— Cela relève du secret professionnel, répliqua-t-elle avec autorité.

Je n'en saurais pas davantage. Pas ce soir-là en tout cas.

April remonta considérablement dans mon estime.

Elle ne manqua pas d'aborder *l'autre* sujet brûlant, le point d'orgue de ma journée…

— J'ai interrogé Ganipy, tout à l'heure. Après ce qui s'est passé ce matin, le commandant a tenu à ce que je m'assure qu'il n'avait pas subi pire.

Il n'avait pas subi *pire*, évidemment.

— Qui a fait ça, Alexi ? poursuivit-elle sévèrement.

— Des gars qui m'ont rendu service…

— C'est toi qui as commandité ce truc ?

— Pas exactement. J'avais pensé à une opération plus discrète : à un avertissement musclé, par exemple.

— Mais tu ne les as pas empêchés de passer à l'action.

— Non, répondis-je sans remords.

— OK… soupira-t-elle. Ganipy est un connard. Je ne vais pas pleurer sur son sort, ça lui pendait au nez depuis un moment. Je suis même prête à payer une tournée à ceux qui ont fait ça. À Honolulu, puisque c'est notre prochaine destination !

— Honolulu… répétai-je, songeuse.

— Qu'est-ce que tu as prévu de faire dans trois jours ?

— Je n'en sais rien.

De plans, je n'en avais pas. Il n'était même pas légitime que je songe à des idées pareilles, compte tenu de l'étrange situation amoureuse dans laquelle j'étais embourbée.

— Moi, je rêve de m'envoyer en l'air dans un lit king size ! lança une April survoltée. Peut-être même dans un jacuzzi !

Je me demandais ce qu'en aurait pensé le capitaine Van Allen…

Elle sembla soudain désolée.

— Les gradés ont moins de jours de permission que nous, Lex. Désolée pour moi…

— Il n'y a pas de problème, murmurai-je d'une voix d'outre-tombe. Il s'agit juste d'une histoire de cul de toute façon.

Essayais-je encore de me convaincre du contraire ?

Quand Gabriel m'avait quittée, trois ans auparavant, je m'étais jurée qu'on ne m'y reprendrait plus. J'avais cru perdre l'usage de mon cœur en même temps que celui des us et coutumes d'amoureux sans que cela me fasse défaut. Jusqu'à mon arrivée sur le *Percival*…

Depuis quelques semaines, la réalité me rattrapait dangereusement et me faisait craindre le pire.

Je quittai April deux heures plus tard.

Ma mélancolie s'accentuait à mesure que la nuit avançait. Inévitablement, je finis par me diriger vers les cuisines pour m'adonner à la seule chose qui me faisait tout oublier. À ce rythme-là, et d'ici une vingtaine d'années, j'allais devenir une jeune retraitée de l'armée, amère et alcoolique.

J'y retrouvai un habitué : Kenneth Pierce était assis à la même place que lorsque nous nous étions rencontrés dans la réserve et s'abrutissait déjà dans la contemplation de son verre de vodka. Son visage s'illumina lorsqu'il me vit avancer. J'aspirais à être seule mais je lui devais bien un peu de mon temps après le service qu'il m'avait rendu.

Je pris une bouteille de gin dans la caisse en bois. La dernière, constatai-je avec angoisse puis m'installai sur le sol, à côté de lui.

— La punition était-elle à la hauteur de ce que tu attendais ? commença-t-il d'une voix pâteuse.

Il avait déjà plusieurs longueurs d'avance. L'alcool ne tarderait pas à lui faire dire n'importe quoi. J'avalai une rasade de liquide en cherchant quoi lui répondre.

— Je n'attendais rien de particulier. Mais je te remercie quand même d'avoir pris tous ses risques.

— Tu me ferais un bisou en échange ?

J'éclatai de rire et me ravisai aussitôt : il ne plaisantait pas.

— S'il te plaît... supplia-t-il comme un gentil ivrogne.

OK. Je m'approchai de lui et embrassai sa joue, mais cela ne lui suffit pas. Kenneth tira profit de cette nouvelle proximité pour crocheter ma nuque et plaqua violemment ses lèvres sur les miennes.

Non !

Je le repoussai et fis face à son visage triste et mélancolique. Ses yeux de chat embués par l'alcool me fixaient avec adoration.

— Juste une fois... implora-t-il.

Juste une fois.

J'en connaissais un autre qui avait évoqué ces conditions et qui ne les avait pas respectées.

Je bus une gorgée de gin sous son regard fiévreux puis m'avançai à nouveau pour poser mes lèvres sur les siennes. Je fermai les yeux, ouvris la bouche et m'abandonnai à la caresse de sa langue.

Ce n'est pas lui que j'embrassais ; derrière mes paupières fermées dansaient les images de l'homme aux yeux clairs qui tourmentait mes jours, hantait mes nuits. C'était particulièrement moche de me servir de Kenneth pour guérir mes frustrations...

Lorsque mon compagnon de galère s'aventura sur mes hanches – et plus bas –, je compris que j'avais fait une énorme connerie.

Son odeur étrange, mélange détonant d'alcool et d'aftershave, n'était d'ailleurs pas loin de m'incommoder.

— Lieutenant Snow ! nous interrompit quelqu'un au moment où j'allais déclarer forfait.

Quelqu'un...

Je reconnus aussitôt la voix de celui qui nous avait rejoints. Glacée d'effroi, je priai pour disparaître lorsque les yeux clairs du capitaine Van Allen me foudroyèrent. Les secondes durant lesquelles il resta aussi pétrifié que nous me parurent une éternité. Je me précipitai derrière lui lorsqu'il s'échappa en claquant la porte des réserves.

— On s'en fout, Alexi ! lança Kenneth en se relevant.

— Non ! Il va s'imaginer des choses !

— Et alors ? lança-t-il, incrédule.

— Et alors, fous-moi la paix !

J'abandonnai lâchement Kenneth à son sort et sortis dans le couloir pour me lancer à la poursuite d'Andreas.

Le cauchemar ne s'arrêterait donc jamais…

Je ne mis pas longtemps à le rattraper. Sitôt arrivée à sa hauteur, j'agrippai son avant-bras. Mais il me repoussa en se retournant, puis me toisa méchamment.

— Tu as osé me demander une putain d'exclusivité ? rugit-il. Tu t'es bien foutue de ma gueule, Lex !

— Ce n'est pas ce que tu crois !

— Tu n'es qu'une salope !

Quoi ?

Ma riposte ne passa pas la barrière de mes lèvres tant je fus choquée.

Andreas intercepta mon poignet avant que j'atteigne sa joue. Les mains qui m'avaient caressée vingt-quatre heures plus tôt encerclèrent mes articulations, son visage fut tout près du mien.

— Ne t'avise plus jamais de faire ça ! Plus jamais !

— Sinon quoi ?

Il ne sut pas quoi répondre et je vis dans ses yeux que cela le troublait.

— Tu l'as, *elle* ! me défendis-je, ulcérée.

— Mais je ne couche qu'avec toi !

L'aveu que je n'espérais plus...

— Je ne couche pas avec lui !

— Peu importe... souffla-t-il en me relâchant. Je me suis trompé...

— Trompé à propos de quoi ?

Il me tourna le dos et commença à s'éloigner.

— Trompé à propos de quoi ? hurlai-je sans manquer de me rabaisser. Reviens ! Reviens, Andreas !

Mais il disparut au détour du couloir, me laissant seule et désemparée.

Je passai une nuit affreuse. Sans doute la pire depuis mon arrivée sur le *Percival*.

Lasse de ne pas trouver le sommeil, je terminai au petit matin sur le pont d'envol, en attendant de commencer ma dure journée de labeur.

Drake me trouva accoudée au bastingage, à proximité de l'ascenseur qui menait aux hangars. Je m'abîmais dans la contemplation des éléments : l'océan agité, le ciel gris et rose de l'aurore, et les premières bourrasques.

— Salut, Miss Météo ! La nuit a été bonne ?

Je lui jetai un regard navré. Pourquoi fallait-il que tout le monde mette les deux pieds dans le plat depuis des jours ?

— Apparemment, non ! rit-il en effleurant mes cernes de son pouce.

Drake portait un tee-shirt gris imbibé de sueur. Le tissu moulait ses biceps. Son pantalon de survêtement tombait au bas de ses hanches et les cordons qui servaient à resserrer la ceinture pendaient négligemment entre ses jambes.

— D'où tu sors comme ça ? reculai-je en faisant mine d'être dégoûtée pour cacher mon trouble.

— Du pont huit. J'avais besoin de me défouler !

— Tu n'es pas descendu pour une autre raison ? demandai-je soupçonneuse.

— Juré !

Il fit mine de cracher par-dessus la rambarde.

— Et toi ? Qu'est-ce que tu faisais ?

— Je leur rendais visite, répondis-je en désignant les deux chasseurs qu'on transférait sur la piste.

Un sourire éblouissant illumina son visage.

— Tu crèves de trouille mais tu es fascinée, Snow !

— C'est vrai… Je constate avec horreur que je recommence à y prendre goût.

— Je donnerais tout pour être à ta place. Revivre l'expérience de la première fois.

J'avais eu de la chance de m'être rapprochée de cet homme. Il était joyeux, honnête, égal à lui-même et sensible à ses heures.

— Je suis officiellement *Miss Météo,* désormais… soupirai-je.

— C'est moi qui l'ai suggéré aux autres. Ça te plaît ?

— Ça aurait pu être pire. *Teddy Bear.*

— C'est *Big Bear* ! tonna-t-il, mécontent. L'autre a été inventé pour créer un buzz sur le navire.

J'éclatai de rire.

— L'autre est en passe de supplanter l'officiel !

— Pas tant que je serai vivant !

Il me fit un clin d'œil, avant de poursuivre :

— Les choses sérieuses, maintenant. J'aurais besoin de toi pour transporter quelques bricoles. Légères, rassure-toi !

— Pour qui me prends-tu ? le charriai-je en lui emboîtant le pas.

— Sûrement pas pour une femme comme les autres !

J'en tirais une grande fierté.

Nous descendîmes dans le hangar, avant de rejoindre une grande annexe précédée d'un long couloir.

Drake ouvrit une porte blindée et nous entrâmes dans un réduit. La lumière crue du plafonnier révéla la présence de petites caisses en aluminium savamment entreposées les unes sur les autres.

— Prends celles qui portent l'étiquette R54, indiqua-t-il en avançant vers la pyramide.

— Qu'est-ce que c'est ?

— Des merdouilles électroniques. Pour mes gros et beaux enfants !

Il me parut jeune, à cet instant-là, avec ses yeux verts pétillants et sa démarche fanfaronne.

Je le rejoignis, m'agenouillai à ses côtés et attrapai des caissettes. En repartant, près du hangar principal, nous entendîmes un cri perçant.

Drake fixa la porte d'où s'était élevée la plainte.

— Qu'est-ce qu'il y a ici ?

— Encore des vestiaires. Ça nous évite de descendre dans les cabines après les manœuvres, et de gagner du temps si on a encore des choses à régler en haut.

— Il y a déjà quelqu'un ? À cette heure ?

— Il faut croire que oui...

Nous attendîmes quelques secondes, mais il n'y eut plus aucun bruit.

— On s'en va ?

Nous nous dirigeâmes vers la porte, chargés comme des mules. Avant de nous immobiliser : une nouvelle plainte venait de s'élever dans le couloir.

— Cette fois, on ne rêve pas, Snow !

— Non. Et ce n'est pas la voix d'un homme.

— Tu penses que quelqu'un s'envoie en l'air dans les douches ?

Un nouveau cri nous donna tort.

— Désolée de te décevoir, Drake…

Je posai mes caisses sur le sol et m'enfonçai dans la pénombre du couloir. Je perçus bientôt le bruit de l'eau qui tombait sur un sol.

— Deuxième porte à gauche, me guida-t-il.

Je songeai à Ganipy et espérai que lui – ou un autre tordu – n'ait pas commis l'irréparable.

Nous entrâmes dans les vestiaires avec fracas, puis avançâmes jusqu'à la douche.

Zora Weet était prostrée dans un coin, le dos appuyé contre la paroi carrelée.

Drake se figea en contemplant le corps nu et recroquevillé de l'impératrice des garces, puis le sang qui dégoulinait de son poing fermé. Ses longs cheveux, détachés, étaient collés à son visage.

Ses yeux rougis par les larmes nous lancèrent des éclairs.

— Dégagez ! hurla-t-elle.

Je m'approchai et m'accroupis à sa hauteur.

— Surtout toi, Snow ! cracha-t-elle en me repoussant.

Drake – que je croyais parti pour nous laisser un peu d'intimité –, lui tendit une grande serviette en fermant les yeux.

Zora laissa échapper un rire nerveux entre ses sanglots.

Je posai la serviette sur ses épaules puis frappai un coup sur la jambe de Drake.

— C'est bon, mais tu nous laisses.

Drake était têtu, il s'agenouilla à nos côtés pour frictionner le dos de Zora.

— Qui t'a fait du mal ?

— Personne ! rugit-elle. Je me suis cogné la main en me retournant trop vite.

À d'autres…

Nous n'avions plus en face de nous la fière et inébranlable Amazone. J'aurais dû savoir que les apparences étaient trompeuses.

— Drake, s'il te plaît ? le priai-je plus fermement.

— Zora, si un de ces connards t'a fait du mal, je l'étrangle ! vociféra-t-il en se redressant.

— Je crois qu'elle a compris ! File !

Il se renfrogna mais obtempéra, en claquant la porte du vestiaire pour manifester son mécontentement.

Les yeux noirs de Zora me transpercèrent.

— Joli crochet du gauche. Rappelle-moi de ne pas te chercher des noises… commençai-je, moqueuse.

— Ça te réjouit, Snow ?

Je soupirai.

— Absolument pas… Mais on pourrait faire la paix, non ? À défaut d'avoir un jour fait la guerre.

— Je n'ai pas besoin de *copines*.

Le mot résonna dans sa bouche comme une insulte.

— Moi non plus, mais nous ne sommes pas nombreuses ici. Et visiblement, pas des plus épanouies. Un minimum d'entente serait le bienvenu. Tu ne crois pas ?

Elle ne répliqua pas tout de suite et fixa le mur carrelé derrière moi.

— April m'a dit que tu voulais ce boulot, tentai-je à nouveau.

Sa bouche se crispa.

— April parle trop.

— Elle sait rester professionnelle.

À quelques révélations près…

Zora secoua la tête avant de lever enfin les yeux.

— Je voulais cette mission, Snow, lâcha-t-elle d'une voix rauque. Pour leur en mettre plein la vue et prendre ma revanche.

— Ta revanche ?

— Peu importe… C'est juste un passage à vide. Ça va aller…

— C'est ce que j'ai dit à la nouvelle, l'autre jour, et elle ne m'a pas crue.

— Tu es aussi nouvelle qu'elle, rebondit-elle avec sarcasme.

— Tu reprends vite du poil de la bête. C'est encourageant !

Elle ne releva pas.

— J'ai entendu dire que ton supérieur ne te ménageait pas, lui non plus… continua-t-elle, plus narquoise.

— Je n'ai pas envie d'en parler.

— Comme je n'ai pas envie d'expliquer pourquoi Drake et toi m'avez trouvée dans cet état ce matin.

Nous trouvions enfin un terrain d'entente.

— J'ai compris, ris-je nerveusement. On arrête là, alors ?

Elle me rendit mon sourire, il fut sincère et chaleureux, j'en restai ébahie.

— On prend les mêmes et on recommence, lança-t-elle en me tendant la main. Salut, je suis Zora.

Je la serrai et nous nous regardâmes droit dans les yeux. Notre accord était scellé plus solennellement.

— Ne crois pas t'être transformée en garde du corps, ou en confidente, Snow. Je suis déprimée, pas siphonnée !

Je levai les yeux au ciel avant d'empoigner ses épaules pour l'aider à se redresser.

— Et faillible, Zora. Comme nous tous, ici.

Elle passa les doigts dans ses longs cheveux mouillés et hocha la tête, vaincue.

— Ouais, faillible.

Je la quittai quelques minutes plus tard, après m'être assurée qu'elle allait mieux.

Zora n'était pas mon amie, mais je n'étais plus seule. Nous étions hantées par nos démons respectifs, plus ou moins liés aux hommes qui gravitaient autour de nous. Et nous aimions picoler pour faire abstraction de nos malheurs.

Elle et moi n'étions finalement pas si différentes que ça.

CHAPITRE 3

— Ne mens pas !

— Comment est-ce que je dois te le répéter ? répliquai-je, excédée.

— Je veux en être sûr ! Ganipy pourrait avoir donné des idées à d'autres.

— Pour la dernière fois, personne n'a touché à Zora ! Maintenant, aide-moi ou nous courons droit à la catastrophe !

Drake se plaça derrière moi en grommelant. Il posa ses mains sur mes épaules, appuya ses deux pouces sur ma nuque et y exerça une pression tonique. Les muscles de mes cervicales se détendirent, une infime part des tensions qui me tenaillaient s'envolèrent.

— Continue… murmurai-je, soulagée.

Je collai mon front contre le dossier du siège sur lequel j'étais assise à califourchon et priai pour que tout se passe aussi bien que la première fois.

— Vous êtes fous… repris-je à mi-voix. Je vais tous vous tuer…

— Tais-toi, Snow !

— Il ne t'a pas dit à quel point j'avais été merdique, hier ?

— Oh que si ! Tu régresses, tu doutes pendant quelque temps, mais pour mieux passer le prochain palier.

— Tu fais dans la pédagogie ?

— À mes heures…

J'étais sûr qu'il souriait derrière moi.

— Tu ferais un chouette prof ! Sympa, sexy… Penses-y si tu songes à te reconvertir.

Son visage s'assombrit aussitôt.

— Pourquoi voudrais-tu que je change de boulot ?

Parce que s'il ne devenait pas raisonnnable, il le perdrait. Il était assez intelligent pour comprendre ce que j'avais insinué.

Je m'abandonnai quelques minutes de plus à ses mains expertes.

— Drake, je vais peut-être devoir nous éjecter… Je ne connais pas parfaitement la procédure en cas de submersion du…

— Qu'est-ce que tu veux foutre avec ça ! s'esclaffa-t-il. Tu vas assurer ! Il ne va rien nous arriver.

La porte du petit local s'ouvrit brusquement et le capitaine Van Allen entra, en tenue. Il ne daigna pas me saluer, mais leva quand même un sourcil en observant Drake.

— Je vous dérange ?

— Un problème de confiance. Je n'ai trouvé que ça pour la détendre.

Andreas hocha la tête, l'air – presque – indifférent…

— Snow, nous n'avons pas toute la journée. Les manœuvres prévues après ta prestation n'attendront pas. On y va.

Nos regards se croisèrent. Il me sembla qu'il n'était plus fâché ; je m'étais attendue à un accueil glacial après la débâcle de la veille.

— Je… J'arrive. Encore deux minutes, s'il vous plaît !

S'adressant à Andreas, Drake acquiesça en silence. Le capitaine soupira avant de repartir.

Drake posa sa main sur mon épaule.

— Ça va aller, Miss Météo.

— Facile à dire…

— Je lui ai assuré que tu ne couchais pas avec Pierce.

Je me redressai brusquement.

— Tu as *quoi* ?

— Ne me regarde pas comme ça ! Il s'en est pris à lui sur le pont d'envol. Le bleu n'avait rien à se reprocher alors je l'ai défendu. Van Allen a dit qu'il l'avait surpris éméché dans les réserves, avec toi.

— Nous avons un peu dérapé, hier soir, expliquai-je, gênée, mais néanmoins rassurée.

Drake explosa d'un rire sonore.

— Alors tu l'as vraiment fait ?

— J'étais déprimée, et j'avais besoin d'un peu de réconfort ! me défendis-je, vexée.

— La prochaine fois, passe me voir avant de courir te noyer dans l'alcool. Et on parlera.

De mes déboires avec Van Allen ? Mauvais plan.

Je me levai en l'attrapant par la manche de sa combinaison.

— Allez, on y va !

— Tu ne t'en tireras pas comme ça, Miss Météo…

— C'est ce qu'on verra, Teddy Bear…

— Dégage plus fort que la dernière fois, Snow. Lâche-toi. Fais-nous peur.

Ce furent les premières recommandations d'Andreas.

Il n'avait pas dit un mot lorsque nous avions embarqué. Il n'était pas intervenu non plus lorsque j'avais allumé les moteurs. J'étais passée à l'action de mon propre chef, les mains moites.

Mes doigts s'agitaient nerveusement sur la manette de poussée.

— C'est toi qui donnes le signal du départ, aujourd'hui, ordonna-t-il encore dans l'intercom.

Mon cœur se tenait sur les starting-blocks, prêt pour la grande embardée.

OK. Il fallait y aller maintenant.

Je poussai la manette des gaz et levai la main droite à l'adresse de l'officier du pont. La catapulte se déclencha aussitôt et l'appareil fut propulsé à une vitesse phénoménale sur la plateforme.

Nous décollâmes vite. Trop vite !

Je retrouvai le manche et le tirai vers moi en serrant les dents pour supporter la douleur de mes oreilles qui bourdonnaient.

— Je t'ai demandé de nous faire peur ! lâcha Andreas, furieux. Pas de nous terroriser !

— Tu as dit de dégager plus fort ! ronchonnai-je en rentrant le train d'atterrissage et en corrigeant ma trajectoire. C'est ce que j'ai fait.

— Je parlais de te dépasser. Aller plus haut, toujours plus loin.

— Amen… me moquai-je de lui.

L'ambiance était une nouvelle fois électrique. Il planait au-dessus de nous ce parfum de séduction et de désir refoulé.

— Qu'est-ce que tu attends pour envoyer la check-list ?

— Train rentré, volet rentré, message radio, récitai-je docilement. Miss Météo en montée initiale.

— Parfait. Vitesse ?

— Trois cent cinquante nœuds.

— Conséquence ?

— J'augmente la poussée.

— Altitude ?

— Quatre mille cinq cents.

— Bien, on continue de monter.

— Tu es sûr ?

— On monte, Snow ! répondit-il, agacé.

J'esquissai un sourire moqueur, qu'il ne vit pas, malheureusement.

Nous traversâmes des grappes d'épais nuages gris, très différents de la barbe à papa blanche et duveteuse du dernier vol.

— Je peux savoir pourquoi ? parlai-je à nouveau.

— Pourquoi nous montons plus haut ?

— Oui. Et le reste aussi… Tout ce que vous voudrez bien expliquer.

— Je veux te voir soumise à de plus hautes pressions en vol. Quant au *reste*, il n'a pas sa place dans le cockpit de cet avion.

Je regrette, capitaine, mais toi et moi en sommes là. Aussi incapables de faire la part des choses. Quoi que tu fasses, et quoi que tu prétendes.

Un énorme ronflement couvrit le bruit de nos réacteurs : un Hornet nous fit de l'ombre, avant de déchirer le ciel azuré.

— Voilà Teddy Bear. Il va réduire les gaz et voler en avant. Tu vas le suivre et maintenir la même trajectoire que lui, quoi qu'il fasse.

L'avion de Drake piqua en une vrille, avant de se rétablir sur notre flanc. En nous devançant, il se lança dans un parfait tonneau exécuté avec une précision inouïe. Il finit par ralentir sa course, plus loin, pour nous permettre de le rattraper.

Andreas changea la fréquence de la radio et s'adressa à lui :

— Tu impressionnes qui, Teddy Bear ?

— Rien que toi, Ice de mes deux ! répondit un Drake que j'imaginais radieux aux commandes de l'appareil. Planque-toi sur ta banquise, connard !

— J'y suis déjà ! Viens me chercher ! Mais gare à tes couilles de peluche qui risquent de geler… lança mon supérieur avec autant de gaillardise.

Drake et Andreas se fichaient de tout le protocole militaire dans les airs. Ils entretenaient même une certaine forme de camaraderie, loin de leurs relations houleuses sur le navire.

— Miss Météo, corrige ta trajectoire pour te placer sur le même axe que lui.

OK, *Ice de mes deux.*

Si j'avais osé…

— Bien. Maintiens le cap.

Drake décrocha. Le ciel s'ouvrit devant moi, à perte de vue, je restai paralysée devant son immensité.

— Enchaîne, Miss Météo !

— Je…

— Drake, qu'est-ce que tu fous ? s'écria soudain Andreas en ne me laissant pas terminer.

— Continuez… répondit l'intéressé quelques secondes plus tard. Partez en avant.

Je frémis en l'imaginant en proie à ses foutus tremblements.

— Elle ne suit pas ? demanda-t-il quand même.

— Ça ne va pas tarder.

— *Fais-nous peur, Snow !*

J'agrippai le manche et le tirai vers moi pour couper les gaz. L'appareil partit à son tour en décrochage dynamique.

— Voilà, quand tu veux ! s'enthousiasma mon supérieur comme je redressai le nez après la manœuvre et redonnai de la vitesse.

Pour qui me prenait-il à la fin ?

— Arrête de faire la gueule ! me lança-t-il, moqueur. Je suis sûr que tu boudes…

— Je ne boudais pas !

Je levais juste les yeux au ciel. Ice de mes deux !

Teddy Bear cabra son avion devant moi.

— Je continue ?

— Évidemment ! répondit Andreas, enthousiaste.

Après un premier looping, Drake nous entraîna dans plusieurs tonneaux, puis termina par un piqué vertigineux, avant de stabiliser son altitude et de passer sur le dos.

— Et là ? demandai-je, la voix tremblante.

— À ton avis ?

— Je ne suis pas aussi sûre de moi que tu le penses…

— Calme-toi, concentre-toi.

Le manche et la manette des gaz devinrent plus résistants. Il tenait les commandes avec moi.

— Tu me fais confiance ?

— Pas toujours, murmurai-je, plus sincère que jamais.

— À neuf mille pieds du sol, tu n'as pas le choix. Allez ! Pied à droite, à fond.

Nous manœuvrâmes ensemble, l'avion pencha dangereusement vers la gauche.

— Prête ?

— Non !

— C'est parti ! s'exclama-t-il, galvanisé par l'adrénaline.

Il tenta de pousser la manette des gaz en même temps que le manche, mais je lui résistai et relâchai la pression sous mon pied. La carlingue trembla durant quelques secondes, jusqu'à ce que je redresse violemment l'appareil.

— Lex ! hurla-t-il.

L'avion vacilla un peu avant que je réussisse à le stabiliser.

Encore une preuve de mon incapacité à séparer cœur et raison. J'avais déjà beaucoup donné à celui qui n'était pas censé être mon mentor dix jours auparavant. Étais-je contrainte de lui céder encore du terrain en m'en remettant entièrement à lui de cette façon ? Si je n'arrivais pas à dépasser un jour ces états d'âme, je ne parviendrais pas à mener à bien la mission qu'on m'avait confiée.

— J'en ai assez vu. On rentre, Snow.

Andreas ne dit rien, jusqu'au moment où il prit la main pour apponter. Les dix minutes qui précèderont notre atterrissage épaissirent le brouillard dans lequel nous tâtonnions.

Drake arriva immédiatement après nous et fut accueilli par l'équipe du pont d'envol.

Le capitaine Van Allen commenta enfin cet épouvantable échec au moment où je débouclai mon harnais.

— Tu en étais capable, asséna-t-il sévèrement dans l'intercom.

— Pas aujourd'hui. Et pas avec toi.

— La prochaine fois sera la bonne.

Il s'était radouci en écoutant ma réponse énoncée d'une voix blanche.

— Je n'ai pas envie de penser à la prochaine fois. Je n'arrive à rien et tes certitudes à la con me fatiguent.

Il ne se mit même pas en colère.

— Va prendre l'air. Tu en as besoin. L'altitude t'a un peu grisée.

Je m'extirpai du siège et posai le pied sur le barreau de l'échelle qui venait d'être fixée. Lui était déjà sur la piste. Il m'observa descendre, d'un air impénétrable. L'estocade qui finit de m'achever.

Je rentrai dans les vestiaires attenants au quartier des pilotes pour m'y rafraîchir. Drake était déjà là, torse nu, la combinaison jetée par terre, un tee-shirt à la main. La vue de ses pectoraux et de ses abdominaux développés ne me fit même pas réagir.

— Qu'est-ce qui t'est arrivé, bordel ?

— Je te retourne la question, répondis-je sèchement. J'ai bien vu que ça n'allait pas et je n'ai pas été la seule !

Il ferma les yeux en se pinçant l'arête du nez, avant de les rouvrir en secouant la tête.

— Je sais ce qui se passe avec Van Allen.

— Très habile pour détourner mon attention… répliquai-je, sur un ton acerbe.

Il enfila son tee-shirt tandis que je me dirigeai vers un lavabo.

— Et tu sais… tout ? demandai-je en faisant couler un peu d'eau fraîche sur mes mains pour la projeter sur mon visage.

— Assez pour te dire que ce n'est pas une bonne idée.

— Jerry et toi, même combat…

— Rios sait ? Et pas moi !

Il ramassa sa combinaison et la fourra en boule dans un grand sac de sport, puis il me rejoignit. Il s'appuya contre une vasque, dos au miroir, et croisa les bras sur son torse.

— Il est marié, pour commencer.

— Quel scoop !

— Ensuite…

Il sonda l'expression de mon visage.

— Allez, putain ! m'impatientai-je moins gentiment.

— Il a toujours refusé de s'épancher sur son passé, et ce bien avant d'être gradé. Il s'est passé un truc. Un truc grave, il y a longtemps. Je ne le côtoyais pas encore. Des gars de sa promo en ont parlé un jour devant moi : Van Allen était l'un des seuls à être engagé avec une femme à cette époque et quelqu'un a voulu plaisanter sur son mariage. Il s'est mis dans une colère noire et a bien failli casser la gueule du type qui voulait rigoler. Quand il s'est excusé, plus tard, il a dit qu'il ne voulait pas que sa vie d'avant l'armée le rattrape. Qu'il n'avait pas eu un comportement exemplaire et qu'il comptait sur eux pour ne plus jamais l'évoquer. Ensuite, il a enchaîné les heures de vol et il est devenu le meilleur d'entre eux.

Andreas Van Allen, violent ? Il m'avait prouvé à plusieurs reprises qu'il était capable de se déchaîner. Le feu qui couvait parfois derrière ses yeux perçants en disait long.

— Et elle ? Darlene… Tu la connais ?

Ma voix s'étouffa dans ma gorge.

— Je l'ai vue aux réceptions ou aux cérémonies officielles. Leur couple ne respirait pas l'harmonie. Ils picolaient, finissaient par s'engueuler en public. Elle prenait souvent un taxi avant la fin des festivités pendant qu'il restait faire du zèle.

— Pourquoi ne se sont-ils pas séparés ?

— La question à un million de dollars ! Personne n'en a la moindre idée !

— On ne l'a jamais vu avec quelqu'un d'autre ?

— Non. Il vit selon des règles strictes qu'il ne transgresse pas.

— Jamais, jusqu'à…

Je n'osai pas continuer.

— Jusqu'à ce que tu embarques avec nous, termina-t-il à ma place.

— Comment as-tu su ? chuchotai-je, atterrée.

— Je ne vous ai pas surpris, et personne n'en a parlé. J'ai compris qu'il se passait quelque chose le jour où tu as volé avec le T-45. Il était en retrait quand on te mettait en boîte, mais il ne te lâchait pas des yeux. Je crois bien qu'il avait envie de nous assommer ! Mais il tremblait. Pour toi, et avec toi. Je l'ai senti vaciller. Lui, le maître qui verrouille tout dans les airs était à genoux !

Drake venait de me donner de nouvelles raisons d'espérer.

— Je t'aime bien, Miss Météo, c'est pour ça que je te mets en garde : je ne suis pas certain qu'il puisse t'offrir un avenir.

Et le couperet venait de tomber.

— Je n'espère pas que cela devienne sérieux. Il est marié, il ne la quittera pas.

— Je crois qu'il a de bonnes raisons de ne pas s'engager ailleurs. On ne subit pas une situation pareille pendant des années pour rien.

Je repensai à cet enfant dont m'avait parlé Jerry, auparavant.

— Je n'avais pas l'intention de lui demander plus que ça, de toute façon.

Les mots tremblaient, comme mes doigts crispés sur la vasque en inox du lavabo.

— N'attends rien de lui. Et ne l'attends pas non plus.

Cela scella la fin de tous mes espoirs.

Tard dans la soirée, je rejoignis les réserves – et Drake qui devait déjà s'y détendre. Cela devenait une mauvaise habitude : je m'imaginais déjà intégrer le cercle des Alcooliques Anonymes de la Navy en rentrant à Seattle… Cela occuperait mes dimanches quand je ne serais pas de permanence.

Pour l'heure, j'allais anesthésier peine, espoir et douleur. Jusqu'à ne plus savoir où je me trouvais, en l'occurrence à la dérive au beau milieu de l'océan Pacifique.

En ouvrant la porte de notre repaire, je fis face à Zora, assise en tailleur sur le sol gris. Drake était à ses côtés, tous deux pouffaient bêtement, un verre à la main. Zora semblait bien plus vaillante qu'en début de journée. Ses joues étaient roses, elle arborait même un foutu sourire qui témoignait du plaisir qu'elle prenait à se corrompre avec Drake.

Je réagis au quart de tour :

— Je vous laisse…

— Non ! protesta Drake en se redressant.

Il avait mérité son moment de grâce, après tout ce qu'il faisait pour moi. Je me privais de la seule chose susceptible de me changer les idées, mais j'espérais que ses efforts porteraient leurs fruits.

Il ne me restait plus qu'à rejoindre ma cabine. Je ne trouverais sûrement pas April dans nos quartiers. Elle passait de plus en plus de temps avec Jerry, la nuit plutôt que le jour. Malgré les apparences, j'étais certaine qu'elle s'attachait à lui plus qu'elle ne voulait l'admettre.

— Lex ?

Je me retournai et vis descendre mon supérieur de l'étroit escalier en colimaçon. Précisément celui où je devais m'engager.

— Tu reviens des réserves ? demanda-t-il en approchant.

— On ne peut rien te cacher.

Les mains plongées dans les poches d'un treillis bleu marine, il paraissait détendu. Comme si rien n'était arrivé quelques heures plus tôt.

— J'ai trouvé les lieux occupés, sourit-il. Tu as encore soif ?

Deux fois, deux jours de suite, je ne croyais plus au hasard.

— Cela implique de me joindre à toi ?

Ce n'était pas une bonne idée.

— Oui. J'ai une bonne bouteille de scotch dans ma cabine. Peut-être même du gin…

Définitivement pas une bonne idée !

— De l'alcool dans ta cabine ? Voyez-vous ça…

Il haussa les épaules.

— Juste un verre. Fais-moi confiance, Snow.

— Un verre, et ensuite ? Comme d'habitude ? me moquai-je de lui.

Docteur Jekyll et Mister Hyde. J'étais vouée à devenir aussi schizophrène que lui !

— Je croyais qu'on était fâchés, ajoutai-je. Je croyais que je t'avais déçue au point de ne plus être digne de ta confiance !

Le ton montait, mais Andreas ne rentrait pas dans mon jeu. Il restait parfaitement calme ; cela me surprit.

— On doit parler. Ça ne peut pas continuer comme ça.

Ses beaux yeux bleus étaient empreints de gravité. Ils mettaient à mal toutes les belles résolutions que j'avais prises lors de ma conversation avec Drake.

— Donne-moi une bonne raison d'accepter. Quel est le piège ?

— Il n'y en a pas.

— À d'autres...

— Je ne veux plus voler dans ces conditions. Je veux que nous soyons efficaces. J'admets que j'ai... merdé.

L'aveu du siècle ! Et l'argument qui fit mouche.

Je ne me faisais cependant pas d'illusions concernant la suite du programme...

— C'est d'accord, *capitaine*.

Il haussa un sourcil et son sourire en coin craquant me fit chavirer.

— Je ne mérite pas d'être *Andreas*, ce soir ?

Lorsqu'il arriva à ma hauteur, nous avançâmes d'un même pas dans le couloir.

— Disons que je réserve ce privilège à d'autres heures.

Il sourit encore et je sus que je me jetais corps et âme dans la gueule du loup. Le besoin dévorant de l'entendre s'expliquer l'emportait cependant.

Lorsque nous arrivâmes non loin de sa cabine, un dernier élan de lucidité me traversa l'esprit.

— Il ne faut pas qu'on me voie là.

— C'est désert, à cette heure. Ne fais pas trop de bruit et tout ira bien.

— Tu as promis qu'on ne ferait que parler !

Il ouvrit la porte de sa cabine mais je restai sur le seuil.

— J'ai promis qu'on parlerait.

Je saisis parfaitement la nuance. Il me pressa d'avancer en posant une main sur mes reins.

En dépit de la meilleure volonté du monde, j'avais capitulé dès ses premiers mots.

Parler. Il était temps.

CHAPITRE 4

— Un problème ? demanda-t-il tandis que je pénétrais dans son antre, les yeux écarquillés.

Une élégante petite banquette bleue, une couchette bien plus large que la mienne, un bureau sur lequel reposaient un ordinateur portable et un cadre contenant la photo d'un chasseur sur fond de coucher de soleil ; beaucoup de choses m'avaient échappé le jour de mon arrivée.

— Je n'avais pas vu tout ça, la première fois.

Il sembla amusé.

— Tu semblais ailleurs, ce jour-là.

Je me retournai pour lui jeter un regard noir.

— Tu as déjà oublié ce que tu as promis !

Il fit signe que non de l'index.

— Nous sommes là pour parler. Assieds-toi.

Je m'installai sur le bord de la banquette, histoire de me donner une chance de lui échapper s'il lui prenait l'envie de déraper.

L'espoir faisait vivre.

Andreas ouvrit un placard minuscule pour en tirer deux bouteilles. L'une semblait être remplie de jus d'orange, l'autre d'un liquide bleu foncé tirant sur le violet.

— Où est le gin ? m'étranglai-je.

— À Honolulu. Sur le marché du port.

— Tu es le roi des enfoirés.

— Je sais… Mais je contribue à faire de toi une femme meilleure en t'empêchant de boire de l'alcool.

— Je ne serai jamais une gentille fille et c'est ce qui te plaît.

Il ne releva pas.

— Qu'est-ce que tu veux ?

Il me tendit les deux bouteilles, l'air canaille.

— Ne me dis pas que c'est la même horreur que boit Drake à longueur de journée ? m'exclamai-je.

— Précisément !

— Jus d'orange, alors.

Je n'allais pas beaucoup dormir après ça.

Il sortit deux gobelets en plastique et nous servit, avant de s'asseoir dans le fauteuil. Ses cheveux pointaient dans tous les sens et lui donnaient cette allure friponne qui le rendait si charmant à mes yeux.

— Par quoi allons-nous commencer, Lex ?

— Ce que tu voudras. C'est toi qui m'as invitée. C'est toi qui lances les hostilités. Depuis le début…

Il n'eut pas besoin de réfléchir longtemps.

— C'était une erreur.

La première entaille dans mon cœur.

Il regarda distraitement le contenu de son verre.

— Une erreur qui est en train de me perdre. C'est allé trop loin. *Je* suis allé trop loin.

Son regard sincère me désarma. Je n'étais pas pour autant prête à tout lui pardonner.

— Je suis désolé d'avoir été aussi…

— … instable et tyrannique ?

Il se renfrogna.

— Là, tu exagères !

— À peine… À moi maintenant : qu'est-ce qui te pousse à te conduire comme un connard ?

Il se leva, agacé.

Un aller, un retour : j'eus l'impression de voir un grand fauve enragé tourner en rond.

— C'est absurde, Lex ! rugit-il enfin. J'ai envie de toi depuis le premier jour ! J'ai essayé de lutter parce qu'il est inconcevable que cela arrive ici. J'ai pour habitude de tout…

— De tout contrôler. J'ai saisi !

Malgré cet aveu en demi-teinte, la température monta d'un cran dans la cabine.

— Et donc ? articulai-je, troublée.

Il se rassit et but une gorgée de jus d'orange, manifestement égaré par ma confession.

— Toi ? Tu vis ça comment ?

— J'ai le même problème…

À quelques nuances près…

Il hocha la tête, davantage contrarié.

— Qu'est-ce qu'on va faire ? continuai-je. À chaque fois qu'on tente de trouver un terrain d'entente, on foire lamentablement. La situation empire, mais le sexe devient meilleur. Et puis il y a ce programme désormais…

Andreas se redressa et s'éclaircit la voix.

— Restons professionnels, avant tout.

— Arrête ce numéro !

— Alors il faut qu'on prenne sur nous ! Quitte à s'envoyer en l'air plus souvent pour relâcher la pression. Mais il est hors de question de sombrer ! Ce boulot, c'est ce que j'ai toujours fait de mieux dans ma vie. Sans faille, et sans états d'âme.

— Donc, c'est moi qui ai un problème !

— Des problèmes, nous en avons tous les deux, et tu le sais.

Il avait vu juste pour une fois.

— Qu'est-ce que tu fuis ? reprit-il avec plus de calme.

— Le souvenir d'un fiancé qui faisait de moi ce qu'il voulait, et qui a fini par me trahir. Je me complais dans les beuveries et les coups d'un soir depuis des mois.

— Je suis devenue ton coup d'un soir alors…

Est-ce que je l'avais vexé ?

— Embarquer sur le *Percival* m'a plutôt permis de changer d'air. La compagne de ma mère a trouvé ça judicieux. Ma mère un peu moins… Alors, j'ai foncé.

— Ta mère est homosexuelle ?

— C'est tout ce que tu as retenu ?

— Non ! se dépêcha-t-il de dire. Mais tu me rends curieux.

— Ça n'a pas été une partie de plaisir quand c'est arrivé. J'ai essuyé les moqueries des autres. On est con et pas si tolérant que ça quand on a quinze ans… J'ai dû m'endurcir et me battre. J'y suis parvenue, mais je suis devenue une peste.

— Ou une femme avec assez de repartie pour que ça paraisse suspect, enchaîna-t-il aussitôt.

Il m'avait bien cernée, j'en fus touchée.

— Qui s'en est pris le plus à toi, Lex ?

— Les garçons.

— Tu le leur rends bien alors ! répondit-il, l'œil pétillant.

— Je trouve aussi.

Qu'elle fut délicieuse, cette victoire !

— Tu me raconteras ? Venant de toi, ça promet d'être épique.

— Un jour, si tu le mérites… À toi, maintenant !

Il soupira avant de se livrer avec fair-play.

— Ma vie à terre est devenue trop insupportable, ces dernières années.

Et c'est tout ? Cela corroborait quand même les informations révélées par Drake quelques heures plus tôt.

Je fus émue par sa franchise.

— Pourquoi tu as embrassé Pierce, hier soir ? enchaîna-t-il aussitôt.

Pour oublier que je ne t'embrasse pas...

— Pour le réconforter, et me souvenir de ce que ça fait.

J'espérais qu'il comprendrait.

— Pourquoi est-ce que tu ne quittes pas ta femme ?

— Pour la réconforter, et me souvenir de ce que j'ai fait.

C'était un début, mais il nous manquait encore l'essentiel.

Nous finîmes nos verres en évitant soigneusement de nous regarder. Je choisis alors de nous emmener sur des sentiers moins tortueux.

— C'est chouette de voler. J'avais fini par l'oublier. Je ne suis pas toujours une élève modèle, Andreas, mais j'aime ça à nouveau.

— Ça fait deux fois que tu m'appelles *Andreas*, me taquina-t-il. Ça signifie que nous allons coucher ensemble ?

Le changement de cap fut fulgurant. Avais-je déjà rencontré quelqu'un d'aussi versatile que lui ? À moins que ce soit par lâcheté, pour échapper à ma curiosité. Cela eut néanmoins le mérite de le rendre encore plus désirable, calé dans le fauteuil, une main pendant nonchalamment sur l'accoudoir, le verre dans l'autre.

Coucher ensemble. Ce que nous faisions de mieux dans la tourmente. Un peu de résistance ne pouvait pas nous faire de mal, cependant.

Je me levai et posai le verre sur la table de travail derrière lui, avant de me diriger vers la sortie.

Le capitaine Van Allen ne l'entendit pas de cette oreille. Il bondit pour s'interposer entre la porte et moi.

— La journée risque d'être chargée, Lex. Si nous arrivons tous les deux aussi frustrés demain matin, nous courons droit à la catastrophe, argumenta-t-il le plus sérieusement du monde.

— Qui te dit que je suis frustrée ?

Il me prit par la taille pour m'attirer vers lui. Le genre d'initiative autoritaire contre laquelle je ne pouvais pas lutter.

— Une intuition… Quand finiras-tu par obéir ?

— Coucher avec les subalternes ne fait pas partie de vos attributions, capitaine… murmurai-je tandis que ses lèvres se posaient dans mon cou.

Je finis par me cambrer pour me frotter contre lui. Il n'y aurait ni entrée ni plat principal, et nous passerions directement au dessert.

Andreas me souleva et j'enroulai mes jambes autour de sa taille. Je ne m'attendais pas à ce qu'il se retourne et me plaque contre la porte. Il rua une première fois entre mes jambes et le besoin de le chevaucher devint soudain urgent.

— Qu'est-ce qu'on va devenir ? souffla-t-il au creux de ma gorge.

— Je donnerais tout pour le savoir, capitaine…

— Appelle-moi encore une fois capitaine, et je te séquestre dans ma cabine pendant sept jours.

Capitaine. Capitaine. Capitaine. Capitaine. Capitaine.

Cinq semaines de rétention !

Ses mains pétrirent mes fesses, au même rythme que sa solide érection percuta mon sexe embrasé.

— S'il vous plaît, *capitaine*...

Il gronda, avant de m'emporter jusqu'à sa couchette.

Nous tombâmes ensemble sur le matelas. Andreas tenait fermement ma cuisse enroulée autour de sa hanche.

— Tu n'as pas tenu ta promesse, chuchotai-je en plongeant mes mains dans ses cheveux

Je pouvais sentir leur odeur, ce mélange de propre, d'ambre et de tabac. Foutrement original et fascinant.

— Ce ne serait pas la première fois. Ni la dernière...

J'étais au moins fixée sur l'avenir proche de notre relation.

Andreas ne tarda pas à me débarrasser de ma combinaison, de mon débardeur. J'en fis autant avec son tee-shirt et son treillis.

Le nez plongé dans ma poitrine, il s'enivra de l'odeur de ma peau, dardant çà et là sa langue sous les bonnets de mon soutien-gorge pour y titiller un téton.

Le brasier dans mon ventre enfla au fil des minutes. Je gémis de soulagement lorsqu'il libéra enfin mes seins et que ses doigts crochetèrent l'élastique de ma culotte. Il la fit lentement glisser le long de mes jambes, tout en me dévorant de ses prunelles pâles et fiévreuses.

Quand il se redressa pour ôter son boxer en coton gris, je le contemplai dans toute sa splendeur. À genoux sur le matelas, irradiant de ce charisme et de cette virilité qui m'avaient fauchée dès notre première rencontre.

Une mèche de cheveux retomba sur ses yeux perçants. Je fixai les biceps de ses avant-bras roulant sous sa peau, puis les deux lignes musculeuses qui couraient avec équilibre sur son bas-ventre, jusqu'à ses poils pubiens…

J'étais irrévocablement envoûtée, et perdue pour ce pays que je m'étais engagée à servir.

Lorsqu'Andreas revint sur moi, les coudes posés de chaque côté de mon visage, son sexe brûlant se nicha dans le creux de mon aine. Nous allions enfin nous envoyer en l'air, dans un lit – ou quelque chose s'en approchant. J'aurais trouvé ça émouvant si l'excitation n'avait pas bridé tous mes affects.

— Pourquoi te fais-tu désirer quand tu veux pourtant ça très fort ? souffla-t-il contre ma tempe en insinuant ses doigts en moi.

J'arquai le dos, écartai les jambes pour lui signifier mon impatience, mais il continua à me caresser lentement. Je souris en constatant qu'il n'en menait pas large. Son souffle précipité, son sexe plus bandé, constituaient autant de preuves accablantes.

— Venez-en au fait, *capitaine*… haletai-je en me tordant de plaisir.

La formule magique fut diablement efficace. Il étouffa d'abord un juron et cessa de me faire languir. L'instant me sembla presque solennel lorsqu'il plana quelques secondes au-dessus de moi. Enfin, il me prit jusqu'à la garde, aussi impitoyable que les fois précédentes.

Les premiers instants de notre étreinte furent sauvages, avant de devenir passionnés. Je m'étourdis des frottements de nos corps, de ses à-coups souples et toniques, de ses pénétrations longues et profondes, j'expérimentais une nouvelle forme d'intimité entre ses bras, mais j'aspirais à mieux encore.

Lorsque je tentai de le faire basculer sur le côté, il épingla mes poignets au-dessus de ma tête pour m'empêcher de prendre d'autres initiatives.

— Tiens-toi tranquille, ou je risque de devenir méchant…

Son sourire éblouissant, son air espiègle ne donnaient aucune crédibilité à sa menace.

J'approchai mes lèvres, inspirée par la complicité qui nous liait. Il ne recula pas. Je fermai les yeux et attendis, mais rien n'arriva. Andreas préféra enfouir son nez dans mes cheveux répandus sur le matelas. Ses va-et-vient redoublèrent alors de puissance, et je me laissai emporter dans cette nouvelle chevauchée. Cela continua encore. Moins fort, puis plus vigoureusement lorsque nous commençâmes à nous abandonner à plus de tendresse. Malgré cette déconvenue, cela n'avait jamais été aussi bon.

Les lèvres mi-closes, le torse et les épaules contractées par l'effort, le spectacle était à la hauteur du personnage : intense.

— Tu y es, Lex ?

Son nez caressa ma pommette, son souffle sur ma joue incendia mes derniers retranchements. Je me tenais au bord du gouffre. Il ne suffirait pas de grand-chose. Sa bouche migra jusqu'à un téton qu'il pinça entre ses lèvres. Son bassin se souleva et il me pénétra plus rudement.

— Je t'attends, Lex...

Moi aussi. Il ignorait à quel point.

Enivrée, je m'abandonnai aux griffes de cette jouissance salvatrice. Je me cambrai sur le matelas en percevant de loin mes cris d'allégresse.

Mon cœur se donna enfin le droit de ralentir quand Andreas vint à son tour quelques secondes plus tard. Mon corps fourmilla longtemps de ces sensations foudroyantes.

— Tu veux une cigarette ? demanda Andreas lorsqu'il releva la tête.

Une adorable rougeur colorait sa gorge. Je ne l'avais pas remarqué les deux premières fois où nous avions couché ensemble.

— Je ne me sens pas d'humeur à faire un tour sur le pont quatre.

Ma voix était encore éraillée.

— Moi non plus.

Il se redressa et, d'un bond, fut debout au milieu de la cabine. Il marcha en direction de son bureau, glorieusement nu, puis revint s'installer sur le bord de la couchette, une cigarette glissée entre ses lèvres. Il l'alluma sous mon regard incrédule, tira une ou deux bouffées avant de me la tendre.

— Les détecteurs de fumée ? l'interrogeai-je en m'en emparant.

— Désactivés.

— Bravo, *capitaine*…

— Lex… me menaça-t-il en fronçant les sourcils.

Je peinai à cacher mon sourire et me concentrai sur la fumée qui s'enroulait autour de mon poignet. Pour empêcher aussi mes yeux de dériver ailleurs et de déclencher par là de nouvelles hostilités !

— La soirée a été productive, déclara Andreas en se laissant tomber en arrière.

Toute large qu'elle soit, il s'agissait toujours d'une couchette, et nous nous retrouvâmes inévitablement installés l'un contre l'autre, empruntés au point de ne plus oser esquisser un geste.

Appuyé sur un coude, Andreas tendit une main et je lui rendis la cigarette en me tortillant sur les draps froissés, parfaitement consciente de la vue que je lui offrais.

Les volutes de fumée tourbillonnèrent autour de son visage, puis se glissèrent dans ses cheveux ébouriffés.

Mes yeux errèrent quelques secondes de trop sur l'arc bombé de ses pectoraux qu'il exhibait presque sous mon nez.

— Qu'est-ce que tu regardes ?

— La couleur de ta peau, lâchai-je en le regrettant aussitôt. Je me demandais comment tu pouvais être aussi… bronzé…

À défaut de pouvoir trouver un autre mot.

— Tu as pris le temps de m'observer… répondit-il, amusé.

Je soupirai en levant les yeux au ciel. Pour la forme, car il m'avait percé à jour depuis longtemps.

— Je suis issu d'un cocktail génétique intéressant, expliqua-t-il. Mon père est né à Copenhague, ma mère est française.

— Française ?

Je plissai les yeux, toujours aussi peu éclairée.

— Franco-libanaise, précisa-t-il. Je suppose que c'est d'elle que je tiens ce teint…

Il chercha ses mots.

— De miel, terminai-je pour lui.

Une couleur exquise…

— Puisque tu le dis !

Il s'esclaffa et sa main se posa en haut de ma cuisse. Je frissonnai lorsque ses doigts y dessinèrent des cercles de plus en plus larges.

— Comment se sont-ils rencontrés ?

Voilà que je me mêlai des histoires de famille des Van Allen…

— C'est une scientifique de haut vol. Elle est arrivée aux États-Unis, il y a longtemps. Son pays n'a jamais été un havre de paix, et la France ne lui donnait pas les moyens de financer correctement ses recherches.

— Qu'est-ce qu'elle…

— Ça suffit ! Il y a eu assez de confessions ce soir.

Encore un moyen et un argument pour me tenir à distance. Il me fallait prendre une décision. La plus sage, de préférence, ou la plus sensée. Celle qui éviterait de me ridiculiser.

— Je vais y aller, Andreas.

Je vis une ombre traverser son regard de glace, mais il ne manifesta aucune émotion. Pire encore, aucune réaction. Nous étions passés d'une confortable torpeur post-coïtale propice aux confidences à un froid polaire. Je devais m'échapper à tout prix. Lorsque Andreas me tendit ma culotte et mon soutien-gorge, je sus qu'en dépit des apparences, j'allais de nouveau beaucoup souffrir de cet énième rapprochement.

— Nous commencerons très tôt demain matin, se contenta-t-il de dire en enfilant son boxer et son tee-shirt. Je t'attends à six heures dans le hangar.

Je me levai et terminai de m'habiller devant lui. Son regard était impassible, ma déception navrante.

Je crus pourtant apercevoir une brèche dans la forteresse lorsqu'il me raccompagna à la porte.

— Je suis content que nous ayons pu réussir à nous expliquer. Tout ira bien, maintenant, déclara-t-il, sûr de son fait.

Sa voix était claire, mais ses lèvres avaient frémi. Tout cela sonnait vraiment faux.

— Bonne nuit, Miss Météo.

— Bonne nuit, Ice.

Les larmes perlaient déjà au coin de mes yeux lorsque la porte se referma. Seule, dans le couloir éclairé par les néons rouges. L'évidence m'explosa à la figure : je tombais amoureuse d'Andreas Van Allen. Je le paierais sans doute très cher.

Le lendemain, nous nous retrouvâmes dans le hangar. Accoudé au bastingage de l'ascenseur, Andreas terminait de boire un gobelet de café. Les premiers rayons du soleil accentuaient les reflets dorés de ses cheveux. La paire de lunettes qui protégeait ses yeux de la luminosité – déjà aveuglante à cette heure –, le rendait lointain, intouchable.

Dire que cet homme avait été à moi quelques heures auparavant…

— Bien dormi, Snow ?

— Comme un bébé, répondis-je en lui rendant son sourire.

Sauver les apparences, coûte que coûte.

— Tu voleras avec Drake, ce matin. Je voudrais voir si ça change quelque chose.

Lorsque nous osâmes nous regarder, nous retrouvâmes un fragment de la complicité qui avait jailli, la veille, juste avant que nous cédions à nos pulsions.

— À vos ordres, capitaine… répondis-je, encore déçue.

— Bien.

J'étais certaine qu'il prenait sur lui pour ne rien laisser transparaître. Il y eut un moment de flottement, interrompu par l'arrivée tonitruante de Drake.

— Salut, Miss Météo !

Drake posa sa main au bas de mon dos avant de la faire remonter sur ma nuque. Un geste amical – quoiqu'un peu ambigu – qui me fit du bien.

— Prête ?

— Il le faut, non ? Tu n'as pas peur ?

— Qu'est-ce que tu as mangé avant de venir ?

— Rien du tout.

C'était vrai.

— Alors je ne crains rien ! rit-il joyeusement.

Andreas nous observait, les poings serrés, la mâchoire crispée. Je commençais à le connaître, assez pour savoir qu'il était agacé.

Drake enroula son bras autour de mon cou, et Andreas fut franchement contrarié.

Drake sourit de toutes ses dents quand il tourna les talons.

— Ce n'était pas assez compliqué comme ça… soupirai-je en le regardant s'éloigner.

— Compliqué comme dans : *nous autres femmes sommes compliquées ?*

— La pédagogie, et maintenant la psychologie, Drake ? Demain, tu t'attaques à la philosophie ?

— Et pourquoi pas ?

Son rire perça la brume matinale qui s'était installée sur le pont. Un bras autour de mes épaules, il m'entraîna vers les chasseurs stationnés non loin de là. Mon cœur se réchauffa enfin.

Le vol se déroula d'abord sans encombre. J'enchaînai le décollage, les décrochages de base et les figures de voltige que j'avais déjà expérimentées avant la reprise de ma formation.

Mais lorsque mes instructeurs me poussèrent à effectuer de nouvelles acrobaties, je refusai à nouveau de prendre des risques supplémentaires pour dépasser le niveau de ma formation initiale.

Le silence d'Andreas, resté dans le nid d'aigle pour me guider, laissa craindre le pire.

— Débriefing dans cinq minutes, ordonna-t-il sèchement via la radio lorsque nous atterrîmes.

Nous pénétrâmes dans la salle de réunion attenante au repaire des pilotes. Lui nous y attendait déjà, assis au bout de la grande table, les mains jointes posées sur la surface en aluminium.

— Je ne t'ai pas menti en t'annonçant une matinée chargée ! persifla-t-il en ne me quittant pas des yeux.

Ce n'était pas le moment de perdre son sang-froid.

Drake s'écroula sur une chaise et attendit avec moi qu'Andreas rende sa sentence. Je choisis de rester debout, pour ne pas me laisser impressionner.

— Tu veux dire quelque chose, Drake ?

Ce dernier n'hésita pas :

— C'est comme si elle n'était pas avec nous. Ça l'empêche de passer un palier. Elle est comme… bridée.

Traître !

— Je suis d'accord, renchérit Andreas.

Lorsqu'il me toisa, mes joues virèrent au cramoisi.

— Je fais ce que je peux, merde !

— Je n'en suis pas si sûr…

Après tout ce que tu as osé dire hier soir ? Enfoiré !

— On ne va pas être tendres avec toi, on n'a plus le temps.

Je levai les yeux vers Drake, espérant y trouver un peu de réconfort, mais il hocha la tête pour acquiescer.

— Qu'est-ce que tu entends par : *ne pas être tendre ?* repris-je plus calmement.

— On ne peut plus se permettre de te ménager.

— Ah, parce que c'était le cas ? Vous comptez me battre à coups de bâton désormais ?

— Tu es une femme. Ça nous empêche de te traiter comme les autres.

— Je n'ai demandé aucune faveur !

— Comme je n'ai pas demandé à chaperonner une gonzesse aussi chiante que toi !

— Tu n'es qu'un enfoiré !

— Je te demande pardon ? s'étrangla-t-il.

— Je vais vous laisser régler ça comme des grands, lança Drake en se levant brusquement.

La porte qui claqua derrière lui me fit sursauter.

— Assieds-toi, Lex.

— Je suis très bien debout.

L'ambiance devint électrique.

— Comme tu voudras… Qu'est-ce qui s'est passé, tout à l'heure ?

— Tu tiens vraiment à parler de ça ?

— Et de quoi veux-tu qu'on parle ? Nous sommes ici pour débriefer.

— C'est vrai, quoi d'autre ? répliquai-je avec dédain.

— On s'est dit le *reste* hier soir.

— C'est vraiment ce que tu crois ?

— Bien sûr, mentit-il avec moins d'aplomb.

— Tu avais promis que tout irait mieux. On a parlé, puis on a couché ensemble. Pourquoi est-ce que ça foire encore ?

— Parce que tu ne sais pas ce que tu veux !

— C'est-à dire ?

— Tu fais mine d'être d'accord et tu changes d'avis le lendemain ! Tu n'es bien qu'une…

— Une quoi ?

J'étais sur le point d'imploser.

— Je ne rentrerai pas dans ton jeu ! aboya-t-il. Pas aujourd'hui.

— Tu es en train de tourner la situation à ton avantage.

— Absolument pas ! Je vais même te donner la possibilité de me livrer le fond de ta pensée. Une bonne fois pour toutes !

J'étais fichue ; prise aux pièges de mes sentiments, lesquels suscitaient tellement d'attente de la part d'un homme incapable de les satisfaire…

— D'accord, abdiquai-je pour m'en tirer dignement. Hier soir, tu voulais parler. En réalité, nous n'avons fait que nous échauffer. Cette fois, nous y sommes.

— Je t'écoute ! s'impatienta-t-il.

— Nous ne faisons que coucher ensemble. Nous l'avons avoué et répété… Mais je veux… Non… En réalité j'ai besoin que tu m'expliques ce qui se passe avec ta femme.

Je marquai une pause, avant d'énoncer mon ultime requête.

— J'ai cru comprendre que tu étais père aussi…

Il blêmit à vue d'œil.

— Qui t'a parlé de ça ?

— Peu importe…

Il s'abîma dans la contemplation du mur. Ses doigts pianotaient frénétiquement sur la table.

— D'accord, décida-t-il soudain. Mais c'est la dernière fois !

J'allais peut-être pouvoir me faire une raison, et ne plus espérer.

— J'ai rencontré Darlene, il y a une dizaine d'années. Nous étions encore étudiants. À cette époque, j'étais loin des avions, et surtout de l'armée. Darlene, c'était le genre de filles que j'aimais avoir à mon bras.

— Et pas qu'à ton bras, j'imagine…

— Bien sûr ! J'avais vingt ans !

— Elle est tombée enceinte ?

Il se figea, avant de répondre :

— Tu es très bien informée… Je mènerai l'enquête pour savoir qui en sait autant sur mon compte.

Il y avait donc bien un enfant. J'ignore comment je parvins à me ressaisir.

— Tu as choisi d'assumer, me forçai-je à articuler. À cause de la pression de vos familles ?

— C'est toi qui racontes, maintenant ? s'agaça-t-il. Tu ne sais pas grand-chose, tout compte fait.

— Alors, tu es resté pour lui ?

Il se figea, puis finit par énoncer la vérité d'une voix blanche.

— Il n’y a pas d’enfant, Lex. Il n’y a jamais eu d’enfant parce que nous avons merdé.

Le ciel me tomba sur la tête. De tous les scénarios que je montais depuis des jours, je n’en avais pas imaginé un aussi dramatique. Celui-là me parut insurmontable.

— Avoue que tu ne t’attendais pas à ça… soupira-t-il en agrippant d’une main ses cheveux dorés.

— Qu’est-ce qui s’est passé ? soufflai-je, consternée.

— Ne panique pas, je ne suis pas un meurtrier. Je n’ai pas poussé Darlene dans les escaliers, je ne l’ai pas empoisonnée non plus, railla-t-il, cynique.

Je frémis en croisant son regard empreint de douleur, et de colère. Nous étions à des années-lumière de l’échange musclé et atrocement futile qui avait eu lieu quelques minutes plus tôt.

— Je n’aurais jamais dû commencer à t’en parler… asséna-t-il, plus distant que jamais.

Un pas en avant, trois pas en arrière : voilà ce à quoi notre relation se résumait jusque-là. Cette fois, j’étais violemment entrée au cœur de son intimité.

— Qu’est-ce que ça change ? explosa-t-il brusquement. On ne fait que baiser de toute façon !

— Non, Andreas, articulai-je malgré l’effroi. On fait plus que ça, et tu le sais. C’est pour ça que tu es en colère.

Il me fixa de ses yeux pâles et tristes, et mon cœur sombra davantage.

— Je suis un connard, Lex. Je ne veux pas que tu perdes ton temps en espérant autre chose.

Fuir. Loin. L'idée m'avait effleuré l'esprit ; cette fois, elle s'imposait. Cela faisait beaucoup trop de névroses. Les siennes, les miennes. Toutes celles à venir.

Nous ne ferions que nous détruire un peu plus. Lui, en me traitant mal au nom des démons de son passé. Moi, en me comportant comme une masochiste qui l'aimerait malgré ça.

Je me levai et me dirigeai vers la porte, sans un mot.

— Je t'interdis de quitter cette pièce ! rugit-il. Nous n'avons pas terminé.

— On ne peut pas continuer comme ça, Andreas.

— S'il te plaît… paniqua-t-il en tentant de me rejoindre.

Les masques tombaient enfin. Peut-être trop tard.

J'ignorai sa supplique et m'enfuis de la pièce, dévastée.

CHAPITRE 5

Comme après chaque conflit, je ne le revis plus de la journée. Cela devenait une habitude, même si nous étions désormais empêtrés dans une situation autrement plus critique.

Laisser le temps au temps. C'était peut-être encore ce qu'il y avait de mieux à faire, j'avais déjà perdu trop de forces lors de nos dernières batailles.

La nuit fut agitée. Au petit matin, je retrouvai April autour d'un café. Elle fit une remarque sur mon teint terreux et mes cernes violets, et j'alignai l'argument de mon entraînement épuisant. J'aurais préféré être en tête-à-tête avec Zora qui aurait été plus à même de partager mon mal-être, sans pour autant me harceler de questions. Jerry, lui, fut plus tenace mais ne réussit pas à en savoir davantage.

Seul Drake parvint à me sortir de cette torpeur aliénante, lorsqu'il entra à grand fracas dans la salle.

— Je t'attends depuis une heure, Miss Météo !

J'interrompis mes éminents calculs et relevai la tête.

— Qu'est-ce qu'on était censés faire ?

— De la théorie, pour changer un peu !

J'esquissai une grimace.

— C'est toi qui la dispenses ? demandai-je avec crainte.

— Qui d'autre ? Nous perdons du temps dans la pratique, profitons-en pour approfondir certains éléments sur le papier.

Il n'avait pas tort. Nous nous rendîmes en salle de conférence. Je m'installai face au tableau blanc tandis qu'il déclenchait le climatiseur qui se mit en marche en ronflant. L'air devenait de plus en plus chaud et moite à mesure que nous approchions des côtes hawaïennes, cela nous soulagerait.

— Ça ne va pas, Snow.

Ce n'était pas une question.

Drake déplaça une chaise et s'assit face à moi.

— Ganipy ? Van Allen ? Pierce ? demanda-t-il en se penchant pour examiner mon visage.

— D'après toi…

— Tu sais ce que j'en pense.

Il me sourit avec compassion, je me perdis dans ses yeux verts un peu rêveurs.

— Allez, on commence, ordonna-t-il.

Je ne fus jamais aussi heureuse d'ingurgiter de l'aérodynamique. Drake me jeta des regards inquiets à échéance régulière. Il n'était pas dupe, juste diplomate et infiniment bienveillant. Je songeai à Zora qui ne savait pas ce qu'elle perdait en repoussant les avances de cet homme adorable. Je me jurai de profiter de notre récente entente pour plaider sa cause.

Après avoir longuement évoqué de sombres histoires de vitesse, d'angle d'incidence et de portance, Drake me fit directement passer aux exercices pratiques en me mettant à rude épreuve sur le simulateur de vol. Gérer autant de paramètres à la fois se révélait de plus en plus compliqué mais je résistai étonnamment bien.

La journée se termina comme elle avait commencé ; je redevins mélancolique et renfrognée, lorsque je fus à nouveau seule, dans ma petite cabine.

Les rayons d'un soleil éblouissant m'accueillirent le lendemain matin, sur la passerelle du hangar. Tout le monde ne parlait plus que de notre accostage à Hawaï. L'occasion pour l'équipage de dissiper toutes les tensions accumulées. Boire des cocktails, baiser à outrance, dévorer d'énormes plateaux de fruits de mer : il y avait de quoi faire !

Je n'avais pourtant pas le cœur à la fête ce matin-là.

Andreas me manquait. J'étais désormais rongée par les remords et les regrets. Il n'avait pas eu tort en arguant que je concourais pour le prix de la personne la plus inconstante de la planète. Nous rivaliserions de mauvaise foi pour l'emporter.

À midi, j'eus confirmation de la bouche de Drake que nous arriverions dans la soirée aux portes de l'archipel. Cela ne me fit ni chaud ni froid, en déplaise à April qui préparait déjà le *road trip* du siècle – il n'incluait pas la présence de Jerry Rios...

Mon supérieur n'avait donné aucun signe de vie, ou du moins s'était-il arrangé pour ne pas me croiser au détour d'un couloir. Bien que doté de proportions gigantesques, le *Percival* n'était finalement peut-être pas assez grand pour nous deux.

Nous entrâmes dans le port immense d'Honolulu aux alentours de dix-neuf heures. Le soleil mourait sur la ligne d'horizon, les lumières de la ville s'allumaient les unes après les autres en grappes resserrées sur le front de mer, puis de manière plus éparse sur les reliefs.

Le *Percival* amarra à Pearl Harbor, et nous découvrîmes les énormes bâtiments stationnés dans l'archipel.

Certaines équipes avaient obtenu une permission ce soir-là. Nous en faisions partie. En jean slim et tunique à manches courtes, chaussée d'une paire de tennis en toile blanche, je redevins une civile presque comme les autres lorsque je m'engageai sur la passerelle qui menait jusqu'à la terre ferme. Une April resplendissante marchait à mes côtés. À moins que ce soit moi qui avançais derrière elle.

Nous arpentâmes des quais, le long desquels étaient alignés des yachts et d'énormes hors-bords, puis de plus modestes embarcations lorsque nous parvînmes aux premières enseignes lumineuses des bars et restaurants.

Les sourcils froncés, l'air concentré, April scrutait terrasses et vitrines dans la pénombre.

— C'est là ! s'écria-t-elle enfin. *The Square.*

À peine entrées, nous attirâmes l'attention des clients installés près de la porte. Il ne fallut pas longtemps pour que d'autres têtes se tournent et qu'une clameur sourde s'élève du fond de la salle. Il ne fallut pas deux secondes non plus pour comprendre que nous avions atterri dans le plus proche repaire de militaires de la région. Pourquoi nous sentions-nous obligés de nous réunir dans les mêmes lieux quand nous tombions l'uniforme ? À croire que nous ne pouvions pas vivre sans ce sacro-saint esprit d'entraide et de camaraderie, et que rien, en dehors de l'armée, ne pouvait lui faire concurrence.

Nous avançâmes jusqu'au comptoir, Drake et Pierce y discutaient joyeusement autour de deux pintes de bière. Le bleu me gratifia d'un sourire timide lorsqu'il me vit arriver. Quelle mouche m'avait piquée le soir où j'avais osé l'embrasser ?

— Rios n'est pas là, *doc* ! s'exclama Drake.

— Et alors ?

April feignit l'indifférence. Encore une qui avait un problème avec les vicissitudes de l'amour. Je fus jalouse : elle, au moins, n'avait pas à gérer des sentiments aussi tordus et destructeurs que les miens.

— Vous buvez quelque chose, mesdames ?

L'homme qui avait osé s'approcher s'était adressé à moi en réalité. Je ne perdis pas mon temps en banalité, ni curiosité.

— Un gin pour moi, m'adressai-je au barman plutôt qu'à lui.

— Elles sont avec nous, grogna Pierce.

Le gosse ne manquait décidément pas de m'étonner.

Mon prétendant repartit et nous trinquâmes sans cérémonie.

— Alexi, tu as dîné ?

Je le fixai, hébétée, avant de boire.

— Dans le genre direct ! rit Drake.

— Ta gueule, Teddy Bear… se renfrogna Kenneth. Occupe-toi plutôt de tes affaires.

Drake se tortilla sur le tabouret en regardant sa montre.

— À propos d'affaires… Je dois filer dans dix minutes pour les faire prospérer, répondit-il avec nervosité.

— Zora a fini par accepter ? lui demandai-je, agréablement surprise.

— Je vais bientôt le savoir… Elle laisse planer le doute depuis deux jours.

Quelle garce ! Elle, au moins, savait manœuvrer avec efficacité lorsqu'il s'agissait de mener un homme par le bout du nez. Ou d'autre chose…

— Donc, tu lui parles depuis deux jours.

— On peut dire ça comme ça.

April leva son verre et nous trinquâmes encore. À nos amours, cette fois…

La porte de l'établissement s'ouvrit pour faire entrer trois hommes, d'abord. Puis un autre, ensuite…

Andreas Van Allen se tenait sur le seuil, en treillis kaki et débardeur gris. Mon cœur s'emballa. Privée de lui depuis deux jours, je fus d'autant plus happée par son aura.

Il parcourut la salle du regard.

— Qu'est-ce qu'il fout là, lui ? gronda Kenneth.

— Aucune idée, mentit Drake en me fixant d'un œil inquisiteur.

Je tournai le dos à l'entrée et fis mine de me concentrer sur la partie de fléchettes qui se déroulait au fond de la salle.

— Lieutenant Snow !

L'éclat de voix me fit sursauter. Je pris la décision de me retourner, lentement pour le faire languir et tenter de réfléchir.

Son regard polaire était indéchiffrable.

— J'ai besoin de vous. Tout de suite, lança-t-il sur un ton impérieux.

— Je suis en permission, capitaine.

— Elle est en permission, renchérit Pierce.

Andreas le fusilla du regard mais son rival ne baissa pas la tête.

Le capitaine ne s'avoua pas vaincu pour autant.

— Une heure. Pas une minute de plus. Et je vous ramène ici, assura-t-il d'une voix ferme.

Celle qui me faisait céder à chaque fois.

De tous les sentiments contradictoires que j'éprouvais depuis deux jours lequel l'emporterait ?

Andreas se tourna alors vers Drake.

— Je veux l'emmener à Diamond Beach, se justifia-t-il.

Drake hocha alors la tête, satisfait.

— Diamond Beach ? Et pour quoi faire ? m'insurgeai-je, vexée.

— C'est peut-être une bonne idée. Thaddeus est là ?

— Thaddeus est toujours là ! s'exclama Andreas.

Son visage n'avait plus la même expression ombrageuse que lorsqu'il était entré, et ses yeux brillaient.

— Pas d'entourloupe, Van Allen !

— Je rêve, ou vous êtes en train de négocier ma sortie ? repris-je avec colère.

— Tu peux y aller, me rassura Drake.

— Mais il en est absolument hors de question ! Je ne suis pas une gamine à qui vous donnez la permission de minuit !

Drake se pencha à mon oreille.

— Fais-moi confiance, Miss Météo… Pense à ton rendez-vous avec les journalistes, dans trois mois…

Le boulot. *Ce* boulot.

L'argument imparable. Même si, avant ça, j'avais été à deux doigts de courir vers le bel homme qui avait surgi sur le seuil.

Je brûlais désormais de curiosité et d'impatience. Je soupirai pour sauver les apparences, puis m'écartai du comptoir, sous le regard déçu de Pierce.

— Bonne chance, Snow ! me lança Drake.

Cela ne présageait rien de bon.

April m'adressa un vague signe de la main avant de reprendre sa conversation avec le barman qu'elle allumait depuis que nous étions arrivés. Je ne pouvais vraiment pas compter sur elle dans les moments de crise.

Andreas m'ouvrit la porte, aussi impassible qu'à son arrivée. Sur le port, une Jeep stationnée de travers sur la chaussée ronronnait en nous attendant. Je pris place sur le siège passager tandis qu'il s'asseyait au volant, l'air toujours plus mystérieux. Le besoin d'en apprendre davantage me dévorait, jusqu'à presque en oublier ce qu'il m'avait révélé l'avant-veille.

Andreas ne perdit pas de temps et démarra en trombe.

— Attache ta ceinture, commanda-t-il en passant les vitesses avec des gestes saccadés.

— Je ferai ce qui me chante. C'est quoi, Diamond Beach ?

— Une ancienne base aérienne.

— Et qui est Thaddeus ?

Un large sourire éclaira son visage.

— L'homme qui m'a appris à voler.

Voler avec Andreas Van Allen, en serais-je capable désormais ?

— À propos de notre conversation… s'aventura-t-il, à mon plus grand étonnement.

— C'est lui qui va me faire voler ? le coupai-je aussitôt.

J'étais heureuse d'être à nouveau près de lui mais je préférais différer une conversation qui se révélerait sans doute houleuse ; j'avais assez souffert sans en rajouter.

Son air pincé me fit penser qu'il était contrarié, mais il répondit néanmoins à ma question.

— Non. À cette heure, Thaddeus doit nager dans une piscine de rhum !

Il esquissa un sourire, preuve de l'attachement qu'il éprouvait à l'égard de son mentor.

— Il m'a laissé les clefs du château. Nous allons pouvoir utiliser ses jouets de manière peu réglementaire.

Aïe, qu'entendait-il par là ?

— Il est au courant ?

— Plus ou moins, répondit-il, mystérieux.

Nous ne parlâmes plus pendant une dizaine de minutes. Andreas se concentrait sur la route tandis que j'observais le paysage. La ville se laissait contaminer par cette fièvre tiède, typique des îles du Pacifique. J'aurais aimé pouvoir y séjourner plus longtemps pour profiter de ses couleurs et me fondre dans cette ambiance nocturne si curieuse, mais mon supérieur en avait décidé autrement. Lui, et son indiscutable autorité.

Nous longeâmes la côte Ouest durant quelques kilomètres, jusqu'à ce que la silhouette d'une petite tour de contrôle se détache, au loin.

Nous arrivâmes dans l'enceinte de l'aérodrome, et Andreas gara la voiture non loin d'un hangar. Je le rejoignis devant la lourde porte qu'il poussait pour la faire coulisser.

À l'intérieur, quatre petits avions, en rang d'oignons, briqués, se tenaient prêts à voler : un Cessena 172 à ailes hautes, deux PA-28 et un Extra 300.

— Ils sont chouettes !

Andreas me suivit, amusé par mon enthousiasme.

— Et tu ne les as pas vus dans le ciel. J'en garde de très beaux souvenirs. Les plus beaux de ma vie de pilote, peut-être.

Je me tournai vers lui, étonnée qu'il se soit encore livré.

Il ne me laissa pas le temps de réfléchir et m'entraîna vers l'Extra.

— Viens, Snow.

— Une heure ? Pourquoi ai-je le sentiment que je ne rentrerai pas avant l'aube ?

Quand il grimpa souplement sur l'aile rouge de l'appareil, j'eus un aperçu de ce à quoi pouvait servir sa belle musculature…

— À toi, lança-t-il en me tendant la main.

— Et la radio ? On ne s'équipe pas ?

— Pourquoi ? Personne n'a besoin de savoir ce qu'on va faire.

Je le fixai, incrédule.

— On se mettra en contact avec Hickam après le décollage, me rassura-t-il en riant.

— Et qu'est-ce qu'on va faire au juste ?

— Voler ! Quoi d'autre ? me nargua-t-il, fier de lui.

Le cœur battant, je glissai ma main dans sa paume tiède, et il me hissa à ses côtés sans le moindre effort.

L'air devint soudain électrique comme nous nous retrouvâmes beaucoup plus proches que nous l'avions été depuis deux jours. Ses yeux étincelaient d'une lueur d'excitation. Il me sembla jeune à cet instant, presque insouciant.

— Il n'y a qu'un siège, constatai-je en observant la configuration de l'habitacle.

Il enjamba le rebord du cockpit et prit place aux commandes.

— Je me mets où ? continuai-je bêtement.

Il releva la tête et me fit un clin d'œil.

— Dépêche-toi, Miss Météo ! répliqua-t-il avec malice. Nous n'avons qu'une heure.

Je fus paralysée par l'énormité de ce que nous allions partager après la débâcle de l'avant-veille.

— C'est le seul moyen que j'ai trouvé pour tu aies confiance en moi, reprit-il.

— Tu parles de quelle confiance ?

— Celle qui lie un instructeur à son élève.

— Tu fais ça avec tous tes élèves ?

— Seulement avec ceux en qui je crois. Et seulement avec les femmes !

Seulement avec moi, donc ? Mon cœur fit une embardée dans ma poitrine.

Il redevint sérieux et me tendit à nouveau sa main pour m'inviter à le rejoindre.

— Lex, je veux tenter ce truc en espérant que ça fonctionne. Après, je te laisserai retourner auprès des autres.

Et si je n'en avais pas envie ?

Je soufflai d'exaspération – pour la forme –, avant de me glisser dans le cockpit.

Un bras enroulé autour de ma taille, Andreas m'aida à m'asseoir entre ses cuisses, sur le siège en cuir moelleux. Son odeur d'ambre chatouilla délicieusement mes narines. Son souffle chaud caressa même ma nuque tandis qu'il tendait son corps vers l'avant pour fermer la verrière. Une chaleur familière courut entre mes jambes ; je fondais déjà comme neige au soleil…

— Allume les moteurs.

J'obéis immédiatement, distraite et soulagée d'en arriver à des tâches familières.

Andreas sortit l'avion avec précaution et manœuvra jusqu'à l'extrémité de la piste.

— On y va, Miss Météo ?

Quand tu veux, Ice.

Pointilleux, concentré, il était plus que jamais cet homme au tempérament obscur qui ne jouait pas cartes sur table avec moi. Je ne parvenais pourtant toujours pas à le détester…

Andreas poussa les gaz à fond et nous prîmes de la vitesse. Quand il tira le manche avec souplesse, nous nous élevâmes dans le ciel sans frénésie ni précipitation.

Ce fut mille fois moins impressionnant qu'à bord du T-45 mais infiniment plus émouvant. Une nouvelle brèche venait de s'ouvrir dans le ciel, dans mon cœur, comme une chance à saisir.

Lorsqu'il stabilisa notre altitude, les derniers rayons du soleil affleuraient la surface de l'océan. Je n'eus pas le temps de contempler le paysage : Andreas nous fit passer sur le dos et réduisit les gaz pour partir en piqué.

La force centrifuge m'écrasa contre son torse et je l'entendis rire : le salaud exultait !

— Respire… murmura-t-il à mon oreille alors que la ligne d'horizon – horriblement inversée – revenait dans mon champ de vision.

Je réussis presque à me détendre lorsqu'il retourna l'appareil sur le ventre avec une précision inouïe.

— Tu sais faire une vrille, Miss Météo.

Ce n'était pas une question.

— Pose tes mains sur les miennes, poursuivit-il avec assurance.

J'obtempérai, la gorge serrée, le cœur affolé.

— Tu vas y arriver, m'encouragea-t-il en frôlant mon oreille de ses lèvres tièdes.

Et nous y étions. Après avoir avancé d'un pas, il était temps de lui faire confiance.

— Tu es prête ?

Je hochai la tête, déterminée.

— Je n'arrive pas à croire ce que je suis en train de...

— Moi, non plus... murmura-t-il en réduisant les gaz. Surtout, ne ferme pas les yeux.

Il poussa légèrement le manche, et l'avion plongea. La sensation fut presque agréable, nous ne faisions qu'un, serrés l'un contre l'autre dans l'espace confiné du cockpit de l'Extra 300.

Les figures s'enchaînèrent, nous liant toujours plus étroitement. Les lèvres de mon instructeur papillonnaient sur ma nuque, se faisant tantôt prédatrices, tantôt aussi légères que la caresse d'une plume. Nous étions haut dans le ciel, je me plus à penser que nous approchions des portes du paradis.

C'est moi qui fis atterrir l'engin sur la petite piste défraîchie. Le voyage semblait m'avoir apaisée. Il avait dissipé peur et colère pour installer une paix confiante. Pour la première fois depuis longtemps, je me sentie entière – *moi*. Grâce à la dernière personne au monde que j'aurais crue capable de bienveillance et d'empathie.

Lorsque Andreas m'aida à sortir du cockpit, j'étais toujours sur un nuage. Je me tenais sur l'aile, étourdie par le trop-plein d'adrénaline qui courait dans mes veines. Je perdis l'équilibre et il me plaqua contre sa poitrine pour m'empêcher de chuter.

Ses beaux yeux bleu acier flamboyaient. Ses pommettes hautes étaient roses, sa chevelure faite d'épis n'avait jamais été aussi décoiffée.

Elle était là, cette connexion, celle dont nous avions eu quelques aperçus depuis que nous nous connaissions. Elle prenait corps ce soir-là, enflait, se ramifiait pour se déployer autour de nous et nous protéger de tout ce qui nous avait poussé à nous comporter comme des lâches.

Andreas prit mon visage en coupe, ses pouces suivirent les lignes de ma mâchoire. Je m'accrochai à sa taille, agrippée au tissu de son débardeur. Puis il pencha la tête et nos lèvres se rejoignirent. Quand il recula une première fois, nous soufflâmes de concert, émerveillés par ce que nous venions de découvrir, avant de nous embrasser avec fureur. Ses paumes se plaquèrent avec urgence sur mes deux joues et j'ouvris la bouche pour aller à sa rencontre. Je me consumai d'allégresse, m'enflammai de passion. Pour la deuxième fois en moins d'un quart d'heure, nous ne faisions qu'un. D'une manière inédite, mais ce fut plus merveilleux que le reste. J'eus quelques craintes lorsque nous finîmes par nous séparer, à bout de souffle. Les habitudes étaient tenaces, et la méfiance chevillée à mon corps.

J'avais tort : ses yeux diamant étaient limpides, les traits de son visage détendus. Comme moi, Andreas n'était plus en colère.

Les souvenirs de notre dernière dispute ressurgirent à ce moment-là comme une réalité après ce court aparté en des sommets jamais atteints.

Je le fixai avec inquiétude ; qu'allait-il me livrer désormais ? Une explication, une réclamation, ou même une déclaration ?

— Tu as dîné, Lex ? demanda-t-il enfin d'une voix enrouée.

Dans le genre direct ! aurait pu s'esclaffer Drake.

— Tu ne m'en as pas laissé le temps.

Il eut un sourire amusé.

— Et tu vas encore m'en vouloir ?

— Tu verras…

Il renforça sa prise sur moi.

— Soit.

Il me relâcha et, d'un bond, prit pied sur le sol du hangar.

— Je t'invite, lança-t-il en me tendant les mains pour m'aider à descendre.

N'accepte pas, me souffla ma conscience. *Il est encore trop tôt pour te jeter dans la gueule du loup.*

J'amorçai ma descente, seule, mais il ne l'entendit pas ainsi et m'emprisonna dans ses bras. J'espérais que tout cela n'arrivait pas trop tard.

— Tu avais promis que nous serions rentrés au bout d'une heure.

— Je peux te ramener au port, si tu préfères…

— Non ! répondis-je trop vite.

Surtout pas !

— Mais je n'accepte qu'à une condition… repris-je, résolue.

Il tressaillit, se doutant probablement de ce à quoi j'allais faire allusion.

— Je veux la vérité. Toute la vérité.

— D'accord… décida-t-il comme nous sortions du hangar.

Une montagne de secrets nous divisait encore, mais peut-être qu'après ça nous aurions notre chance.

Une bourrasque de vent cingla mon visage et j'observai instinctivement le ciel. Un essaim de cumulonimbus noirs et menaçants s'amoncelaient sur la mer.

— Lex ? m'appela Andreas depuis la Jeep.

— Un orage se prépare, on va ramasser.

— Nous ferions mieux de nous abriter, se contenta-t-il de dire en ouvrant ma porte.

Je grimpai sur le siège passager.

— Non, je crois qu'il va nous falloir l'affronter.

Une grosse goutte de pluie tomber sur ma joue, puis sur mes lèvres. Précisément là où il avait posé les siennes.

CHAPITRE 6

— Où allons-nous ? demandai-je tandis que nous filions à l'opposé des lumières de la ville.

Andreas tourna la tête pour m'adresser un clin d'œil avant de se concentrer sur la route.

Il pouvait me mener où il voulait, j'avais déjà eu l'immense satisfaction de le voir baisser la garde : je ne me laisserais plus impressionner.

Autour de nous, l'air se chargeait d'humidité, la luminosité déclinait. L'orage qui enflait au large serait monumental lorsqu'il s'abattrait sur nous.

— Pourquoi est-ce que tu souris, Lex ?

— La baie va être illuminée par les éclairs. Avec un peu de chance, la foudre va tomber tout prêt.

Andreas me jeta un coup d'œil, perplexe.

— Et ça te réjouit ?

— J'ai toujours été fascinée par les phénomènes météorologiques extrêmes. Ça n'ira pas jusque-là ce soir, mais c'est suffisant pour me mettre de bonne humeur.

— Tu es pleine de surprises, dit-il en s'engageant sur une route étroite qui sillonnait en direction des côtes. Je regrette de ne pas avoir prolongé certaines de nos conversations…

— Tu veux dire : au-delà de ma contraception et des détails de ma première formation de pilotage.

Ses poings se crispèrent autour du volant et du pommeau de vitesses. J'en éprouvai une grande fierté. Après des jours de défaites et de frustration, je parvenais enfin à marquer des points.

Un premier éclair déchira le ciel comme pour saluer mon triomphe, suivi, quelques secondes plus tard, de la déflagration du tonnerre.

La plage était en vue. Andreas gara la petite Jeep près d'une paillote. Je descendis avant qu'il ne coupe le moteur et marchai jusqu'au bord de l'eau. Le vent se levait, l'odeur des embruns me chatouillait les narines. Si la mer s'en mêlait, le spectacle promettait d'être encore plus grandiose.

Je sursautai lorsque Andreas posa sa main sur ma hanche et approcha ses lèvres de mon oreille.

— Tu n'as pas faim ?

De toi, toujours.

Le tableau était magnifique : ce décor paradisiaque était sur le point d'être secoué par une violente tempête, tandis que l'homme le plus beau et le plus imprévisible du monde se tenait auprès de moi. L'instant aurait été parfait si aucun obstacle n'avait subsisté entre nous. Je me détournai à regret de l'eau et des éléments, pour me diriger avec lui vers la grande hutte dressée en haut de la dune.

Le restaurant était modeste, la clientèle locale. Andreas n'avait pas opéré ce choix par hasard : nous aurions moins de chance de croiser un membre de l'équipage ici.

On nous installa au bord de la minuscule terrasse, au plus près de l'océan. La serveuse, une belle et grande brune, trop zélée à mon goût, adressa à mon supérieur une moue aguicheuse lorsqu'elle prit les commandes de nos boissons. Un gin pour moi, un jus d'orange pour lui : on ne change pas une équipe qui gagne. Elle roula des fesses en s'éloignant et je fus soulagée de constater qu'Andreas ne lui avait pas accordé une once d'attention.

Calé contre le dossier de sa chaise, les épaules rejetées en arrière et les bras croisés sur sa poitrine, il me fixait de ses billes perçantes. Fier, orgueilleux, il me rappela l'homme que j'avais rencontré le premier jour.

— Qu'est-ce que je suis censé faire, maintenant ? s'exclama-t-il par-dessus les mugissements du vent.

Le voilà qui doutait. Nous n'étions pas encore sortis de ce dédale.

— C'était ton idée, soulignai-je calmement.

Il ne répondit pas, mais tripota les breloques frappées de lettres et de numéros attachées aux clefs de la Jeep.

— Qu'est-ce que tu attends de moi ? l'interrogeai-je à mon tour.

Andreas soupira longuement avant de prendre la parole, d'une voix ferme et résolue.

— Nous en avons déjà discuté.

— Quand tu me tenais encore à ta merci. Et c'était avant que tu m'embrasses comme si nous allions crever demain !

J'étais décidément en grande forme, ce soir.

— Ça ressemble à une mission suicide de toute façon, maugréa-t-il.

Il baissa les yeux pour fixer la chaînette enroulée autour de son index.

— Où veux-tu en venir, Alexi ?

Dis-moi que tu ne peux plus vivre sans moi.

J'inspirai profondément avant de me lancer.

— D'abord, tu as couché avec moi. Trois fois.

— Tu as compté ?

Je ne relevai pas, au risque de précipiter la conversation vers un point de non-retour, et préférai poursuivre.

— Ensuite, tu m'as humiliée de toutes les façons possibles et imaginables depuis mon arrivée, devant les autres, ou pas. Sans oublier que tu m'as fait le coup du type qui tente de trouver un arrangement, sexuel de préférence, pour parvenir à gérer la situation. Et tu finis par un virage à cent quatre-vingts degrés, ce soir, après m'avoir retourné la tête pendant dix minutes.

Au sens propre comme au figuré ! Qu'est-ce que je suis pour toi depuis quatre semaines, deux jours, et surtout depuis une demi-heure ?

Il avait pâli à mesure que je parlais. L'homme fier, gonflé d'une assurance désinvolte, s'était fait la malle, et je commençais à percevoir celui que j'attendais. Je n'allais pas m'arrêter là. Ma colère et mon amertume étaient telles qu'il me fallait à tout prix les déverser.

— Je ne me reconnais plus depuis que j'ai mis les pieds sur ce foutu bateau ! Tu m'as tout enlevé, à commencer par la dignité et le respect que tu me dois. Je m'en veux d'avoir cédé à chaque fois que tu avais envie de tirer ton coup. Comme je m'en veux de vouloir apprendre ce que tu caches. Parce que je ne devrais pas être émue ou compatissante à l'égard du gros connard que tu es !

Les derniers mots que je prononçai l'atteignirent plus durement. Il fronça les sourcils.

— Un connard ?

Ses yeux étincelaient comme autant de braises incandescentes.

— Tu as tort, reprit-il d'une voix glaciale. Je suis pire qu'un connard !

Il tourna la tête vers l'océan. La houle déformait les eaux encore calmes une heure auparavant, pour former des rouleaux de plus en plus hauts et menaçants.

Son visage s'assombrit, comme le paysage qui nous entourait.

— Je ne peux pas faire ça, putain ! explosa-t-il lorsqu'il daigna enfin me regarder.

— Mais quoi ?

— Te donner ce que tu veux !

— Pourquoi ?

La serveuse choisit de revenir à ce moment-là, son plateau chargé des boissons que nous avions commandées.

— Le gin. Le jus d'orange… minauda-t-elle en nous servant, ignorant ce qui était en train de se jouer dans le coin le plus reculé de l'établissement.

Elle glapit lorsque Andreas se leva brusquement et la bouscula pour sortir de table. Il descendit sur la plage avec précipitation, les poings et la mâchoire serrés.

Tout s'écroulait à nouveau. J'étais seule. Une habitude, peut-être même un présage pour me dissuader d'en vouloir plus.

Andreas s'assit lourdement sur le sable, une cinquantaine de mètres plus loin, et tira une cigarette de sa poche.

Tant pis pour la douleur, tant pis pour le chagrin ; je me levai à mon tour pour rejoindre la plage. Des rafales de vent soulevaient mes cheveux tandis que j'approchais. Lui ne bougeait pas. Il fixait l'horizon, sa cigarette tenue distraitement entre le pouce et l'index.

Je me tins debout à ses côtés.

— Tu peux partir, Lex. J'ai laissé les clefs de la voiture sur la table.

Après la colère, les regrets.

— Je ne peux plus, Andreas.

Les épis de sa tignasse en bataille s'agitèrent. Le vent gémit plus fort, entrecoupé par le ressac des vagues sur les rochers à quelques mètres de nous. L'air frais venant du large me percuta de plein fouet et je sursautai.

— Tu as froid ? me demanda-t-il, soudain préoccupé par ce que je devenais.

Des frissons parcouraient également les bras forts qui m'avaient étreinte.

— Va-t'en. Va retrouver Pierce. Lui au moins pourra t'offrir ce dont tu rêves.

Je m'accroupis près de lui.

— Tu n'en as aucune idée…

— C'est faux ! s'agaça-t-il. Toi aussi, tu cours après le grand amour, le prince charmant… ce genre de connerie ! Je n'ai pas ça en stock, Lex.

— Je ne t'ai jamais demandé de m'épouser ! Les princes charmants ne m'ont jamais fait rêver ! Et pourquoi est-ce qu'on est encore en train de s'engueuler ?

Je hurlai pour couvrir le fracas de l'eau sur le sable, et libérer ma rancœur.

Lorsque Andreas tourna son visage vers moi, ses yeux clairs me transpercèrent.

— Une partie de moi ne peut pas s'empêcher de te vouloir.

Son aveu m'arracha une nouvelle fois le cœur.

— Ça ne m'était jamais arrivé depuis Darlene ! continua-t-il en écrasant sa cigarette dans le sable. Ça me rend fou parce que c'est en train de changer ma vie !

— C'est ce qui arrive quand on a envie d'être avec quelqu'un, non ?

Je faillis dire *quand on tombe amoureux…*

— C'est toi qui es venu à moi, à chaque fois que nous nous sommes rapprochés ! ajoutai-je.

— Non !

— Tu n'es qu'un lâche, Van Allen !

Ma voix était désespérée.

— Non ! reprit-il sèchement. J'ai été assez fort pour te repousser ! Et tu n'imagines pas combien cela m'a coûté…

— Mais c'est toi qui m'as embrassée, tout à l'heure ! Pourquoi ?

— J'avais envie de voir si ça changerait quelque chose. Ça n'a pas été le cas.

Ses yeux restèrent fixés sur la ligne d'horizon vacillante lorsqu'il proféra cet horrible mensonge.

Je me redressai aussitôt.

— Je me fous de ce que tu as pu faire dans le passé ! Et je ne suis pas celle que tu t'envoies pour… pour… Je ne sais même pas pourquoi tu fais ça d'ailleurs ! Mais je t'ai encore suivi ce soir. Pour passer du temps avec toi.

Mon cœur saigna davantage devant son air coupable.

— Ne dis plus rien, Lex.

Je pris une inspiration avant de signer ma reddition.

— Je commence à penser que tu as raison. Et c'est exactement ce que je vais faire. J'arrête les frais, Andreas.

Je pivotai en direction du restaurant et m'enfuis au pas de course. Les larmes que je comptais retenir quelques secondes de plus me brûlaient les paupières.

Mais Andreas ne me laissa pas lui échapper. Il agrippa mon bras avant de me ramener vers lui. Son autre main encercla mon poignet.

Il m'apparut soudain dépouillé de fierté et d'orgueil. Je me foutais de ce qui avait pu arriver dix ans auparavant. Je le prenais, lui, son foutu caractère, sa banquise, et tout ce qui pesait sur ses épaules.

— Tu me veux mais tu me demandes de partir ! Tu m'embrasses, puis tu oses appeler ça une putain d'expérience émotionnelle ! Regarde-moi, Andreas, et ose au moins dire que tu n'as jamais eu aussi peur !

Les premières gouttes de l'ondée ternirent l'or de ses cheveux. Elles glissèrent sur son front.

— Peur de quoi ? s'étrangla-t-il.

— De moi, et de ce que tu deviens quand je suis là ! Ne cherche pas d'arguments… Moi je te parle de ce qui se passe aujourd'hui, là, maintenant !

La fine pluie se transforma en une averse torrentielle. Mes cheveux collaient à mes épaules et à ma poitrine.

— J'ai surtout peur de ce qui arrivera après, Lex.

Ses yeux brillaient derrière les gouttes qui perlaient au bout de ses longs cils.

— Après quoi ? demandai-je, épuisée.

Ses doigts se resserrèrent autour de mon bras.

— Après ça… chuchota-t-il avant de me plaquer contre lui et de m'embrasser, encore.

Ses lèvres fraîches s'écrasèrent sur les miennes et je répondis de toutes mes forces à son élan. Il emprisonna mon visage entre ses mains et nos corps se pressèrent avec urgence. Je tombai à genoux sur le sable, à bout de souffle. Andreas m'y accompagna. Il m'allongea sur la dune en continuant de dévorer ma bouche.

Le grondement de la foudre fit trembler la baie.

Andreas leva les yeux vers la nuit lézardée par une pluie d'éclairs.

— Encore ! le réclamai-je, désespérée.

Il obéit, me ramena à la vie en insufflant à mon corps une énergie extraordinaire qui se faufila jusqu'au cœur de mon âme. Elle m'étourdit mais je tins bon, pour ne pas perdre pied trop vite.

Nous finîmes par être submergés par cette excitation rampante et familière. Ses mains se faufilèrent sous ma tunique pour pétrir mes hanches avec fureur, pendant que ses lèvres dévoraient ma gorge et mes épaules. Je lui rendis la pareille en enfonçant mes ongles dans son dos, à travers le tissu mouillé de sa chemise.

La pluie tombait, sans faiblir. Nous serions bientôt au cœur de la tempête. J'étais au bon endroit, au bon moment, au commencement de cette nuit-là, avec la bonne personne.

Andreas Van Allen : cet homme à la personnalité aussi trouble et agitée que les éléments qui se déchaînaient autour de nous.

— Tu ne peux plus reculer, soufflai-je quand sa bouche se faufila dans mon soutien-gorge.

— Je sais…

Je me cambrai et mon sexe alla à la rencontre du sien qui bandait fort sous la toile de son treillis. Nous devenions un brasier sous le déluge des eaux qui cinglaient nos corps entremêlés.

Son haut imbibé d'eau rejoignit mes vêtements, quelque part sur la plage. Son torse contre ma peau nue me fit perdre toute notion de la réalité. Andreas me tenait toujours aussi serré dans ses bras, comme pour me dissuader de fuir. Je l'aurais suivi jusqu'aux portes de l'enfer s'il me l'avait demandé. J'étais à lui et je pus alors penser qu'il m'appartenait. Mais pour combien de temps ?

La tempête fut à la hauteur de ce qu'avait laissé présager le ciel. Dévastatrice, puissante et électrique. Nous nous embrassâmes encore longtemps, jusqu'au paroxysme du déferlement des éléments. Nous redoublâmes même d'ardeur, encouragés par le mouvement de la tempête, roulant dans le sable comme deux adolescents en émoi. Nous faisions tout à l'envers depuis nos débuts.

Enfin, le vent retomba brutalement, la pluie cessa. Les flashs aveuglants des derniers éclairs avaient fait place à la nuit noire. Il subsistait encore dans l'air les particules électriques qu'avait générées l'orage – à moins que ce ne soit nous qui dégagions ce crépitement –, mais il n'y eut plus trace de la tourmente que nous avions traversée.

Nous avions échoué au pied de la dune. J'étais allongée sur Andreas, la tête sur sa poitrine, l'oreille sur son cœur.

La brise fraîche me fit frissonner. Andreas m'étreignit plus fort en laissant échapper un soupir, et je me pelotonnai contre lui, bienheureuse.

— Une fille… Ou un garçon. Je n'ai jamais su…

Sa voix rauque s'était élevée par-dessus le clapotis des vagues qui mouraient sur le rivage.

Son cœur se remit à battre plus fort, jusqu'à tambouriner dans sa poitrine. Il résonnait dans ma tête comme un compte à rebours : nous y étions. Enfin.

— Darlene était enceinte de cinq mois. Elle tenait à m'accompagner à chaque fois que je prenais la tangente pour lui échapper. Elle avait peur que je la quitte pour une autre, même si je lui avais promis que j'allais rester jusqu'à ce qu'elle accouche. Au moins jusque-là… Ça me rendait furieux. Encore plus furieux que d'habitude, parce que, aussi loin que je m'en souvienne, j'avais toujours été en colère, contre tout et tout le monde. Mais j'avais trouvé un moyen de canaliser mon énergie : je fréquentais un cercle d'étudiants pleins aux as et je m'abrutissais avec eux dans les clubs branchés de Seattle. Nuit après nuit. Marijuana, ecstasy et j'en passe… J'étais pire qu'eux tous réunis parce que je n'avais pas de limites.

Il fit une pause pour reprendre son souffle, puis poursuivit d'une voix hachée :

— Un jour, nous sommes rentrés à l'aube. Darlene et moi nous disputions dans la voiture. J'étais tellement défoncé que je ne voyais presque plus la route. Je me souviens de l'arbre et de son hurlement.

Mon cœur fit une embardée avant qu'Andreas en arrive aux aspects les plus tragiques de son récit, d'une voix d'outre-tombe.

— Elle a perdu le bébé.

— Je suis désolée, murmurai-je, pétrifiée.

— Ça ne s'est pas arrêté là, reprit-il d'une voix étranglée. Ce qui nous est tombé dessus après a été bien trop difficile à surmonter. Nous n'avions que vingt ans, ça faisait tellement mal… Darlene et moi sommes devenus de vrais camés. Nous consommions un tas de saloperies, pires que celles qui m'avaient perdu la première fois. Nos familles nous en ont sortis à temps. Mon père a usé de ses relations pour m'éviter la prison après l'accident. Il m'a envoyé en cure, à Hawaï. Chez Thaddeus Nishimura. Le ciel m'a apporté la paix. Quand je suis rentré à Seattle, j'ai couru dans le premier bureau de recrutement pour m'engager et l'armée m'a appris l'ordre et la discipline, avec tout un tas de fondamentaux qui m'avaient échappé. Darlene m'a attendu, mais elle n'avait pas eu de révélation à la hauteur de la mienne, alors j'ai décidé de prendre soin d'elle. Quand elle a été mieux, nous avons essayé de devenir un couple, sur les cendres de ce que nous n'avions jamais été l'un pour l'autre. Nous nous sommes mariés mais ça n'a pas marché, bien sûr… Treize ans plus tard, nous en sommes toujours au même point. Nous n'arrivons pas à nous séparer, parce que aucun de nous ne veut oublier. J'éprouve une culpabilité qui annihile toute autre forme de sentiment, elle veut croire en ma rédemption. Malgré ce qu'elle dégage au premier abord, Darlene n'est pas une garce. C'est juste une fille perdue, et brisée. À cause de moi.

— En partie, à cause de toi, nuançai-je, tremblante. Tu as une part de responsabilité dans ce qui est arrivé, mais tu as tenté de t'en sortir. Elle s'est accrochée à…

— … à l'espoir que je devienne un jour le prince charmant. Même si les choses ne sont plus aussi faciles ces deux dernières années, nous nous sommes entraidés, elle et moi, pendant longtemps. Je partais en mission pendant plusieurs mois, et quand nous nous retrouvions, nous partagions nos états d'âme. C'était… réconfortant. Jusqu'à ce que nous ne nous supportions plus à nouveau et que je reprenne le large.

Je connaissais l'accablante vérité. Elle était à la hauteur de ce que j'avais pu imaginer. C'est peut-être pour cette raison que je ne fus pas aussi brisée que je l'avais craint. J'avais dépassé ce stade depuis qu'Andreas avait commencé à se confier deux jours auparavant.

J'éprouvais en revanche beaucoup de chagrin. Pour lui, et pour elle aussi, désormais. J'aurais pu être Darlene, amoureuse et prête à tout pour vivre un bonheur illusoire.

Je ne prétendais pas comprendre ce qui les avait poussés à choisir de vivre ainsi, mais j'admettais qu'ils avaient fait comme ils avaient pu, au regard de la gravité de ce qui était arrivé. De ce qu'Andreas avait causé, même s'il s'agissait d'un accident.

Il prit mon menton entre ses doigts et releva mon visage vers le sien. Ses yeux empreints de tristesse m'émurent profondément.

— Et maintenant ? demanda-t-il tout bas. Tout ça me colle à la peau, Lex…

— Ça ne change rien. On fait tous des erreurs. Aussi énormes soient-elles.

C'était vrai.

— Ça ne change *presque* rien, repris-je avec prudence.

— Je suis un connard parce que je trompe la femme que j'ai détruite, se fustigea-t-il encore.

— Et je ne vaux pas mieux… Parce que même si je ne savais rien de votre histoire, je n'ai jamais pensé à ce que je pouvais démolir.

Il fronça les sourcils, avant d'acquiescer. Je me plus à penser que nous étions quittes.

— Qu'est-ce que nous sommes, toi et moi ? repris-je avec crainte. Ai-je une place dans ce…

— Oui, tu en as une, me coupa-t-il. Je ne sais pas encore très bien laquelle, mais il serait idiot de continuer à le nier. Est-ce que… Est-ce que tu accepterais de me donner une autre chance ?

— Même si tu ne peux rien me promettre ?

Il hocha la tête.

— Je vais essayer de ne plus être cette espèce d'enfoiré, ce type que tu détestes. Dans la mesure de mes possibilités…

Je me redressai pour m'asseoir à califourchon sur ses cuisses. Mes mains enfoncées dans le sable de part et d'autre de son visage, j'appuyai mon front contre le sien. Il ferma les yeux.

Je mourais d'envie de m'engager avec lui, alors j'acceptai :

— D'accord. On continue.

Le temps me dirait si j'avais eu raison de lui faire confiance. Andreas esquissa un sourire avant d'approcher ses lèvres pour sceller le début de cette nouvelle trêve.

— Si on rentrait ? demanda-t-il plus tard. L'air s'est rafraîchi, tu vas prendre froid si nous restons trop longtemps. Particulièrement dans cette tenue !

Je me relevai et cherchai, à regret, mes vêtements sur la plage. Mais il n'y avait plus l'ombre d'un morceau de tissu alentour. Le vent devait les avoir emportés.

Andreas sourit jusqu'aux oreilles en s'en apercevant.

— Tu trouves ça drôle, peut-être ?

— Calme-toi. Il fait nuit, et il n'y a personne.

Le rire sonore qui s'éleva au-delà de la dune le contredit aussitôt. Quelques silhouettes apparurent à son sommet : six adolescents, deux filles et quatre garçons, dans la pénombre, qui transportaient bières et couvertures. Ils ricanèrent lorsqu'ils nous découvrirent, nus jusqu'à la taille.

— Presque personne… sifflai-je en essayant de me cacher.

Andreas para à la situation en me soulevant dans ses bras, j'enroulai mes jambes autour de sa taille. Il nous fit avancer vers le groupe. J'en profitai pour enfouir ma tête dans son cou, et inspirai son odeur à pleins poumons.

— La plage est à vous, mais ce sera en échange de deux canettes, négocia-t-il, amusé. Sans compter que vous avez profité de la vue…

Les jeunes filles gloussèrent lorsqu'elles nous croisèrent, probablement sous le charme du capitaine Van Allen, et l'affaire fut conclue…

Nous regagnâmes la Jeep quelques minutes plus tard, une bière à la main, portant les vêtements trempés par la pluie, après que nous les eûmes retrouvés plus loin sur la plage.

Andreas partit chercher les clefs qu'il avait laissées au restaurant pendant que je restai seule, songeant une fois de plus à tout ce qu'il m'avait confié.

— Où allons-nous ? demanda-t-il à son retour.

— Je n'en sais rien.

La situation n'avait jamais été aussi claire entre nous. C'est peut-être pour ça que nous devînmes presque gênés.

— Tu n'as toujours pas mangé, Lex.

Il démarra le véhicule.

— C'est vrai, admis-je alors que nous nous éloignions de la plage.

— Alors, commençons d'abord par là.

Un quart d'heure plus tard, Andreas s'arrêta sur le bord de la route pour acheter des beignets de crevettes. Nous les mangeâmes en silence tandis que la voiture avalait les derniers kilomètres qui nous séparaient de Pearl Harbor.

En passant devant l'enseigne d'un restaurant qui servait vraisemblablement des plateaux de fruits de mer, je pensai à ce dîner que Drake était peut-être en train de partager avec Zora. J'espérais que sa soirée avait été aussi fructueuse que la mienne.

Sur les quais, Andreas dissimula la Jeep derrière un container, à une centaine de mètres du *Percival.*

— J'ai pensé qu'on ferait mieux de dormir, ce soir, se justifia-t-il, embarrassé. Chacun de notre côté, je veux dire.

C'était la décision la plus sage qu'il ait prise depuis les débuts de notre relation.

— Je ne devais pas quitter le navire, ce soir, ajouta-t-il, mi-heureux, mi-gêné.

— Tu ne devais pas non plus coucher avec moi, le charriai-je.

— La loi des séries… Je transgresse tous les règlements, depuis quelque temps, continua-t-il en ébouriffant ses cheveux humides.

Je souris de le voir ennuyé. Il n'était plus si intouchable qu'il le prétendait.

— Après ce que nous venons de partager, tu n'en as pas terminé.

— Si je prends ces risques, c'est que ça en vaut peut-être la peine, murmura-t-il en observant la silhouette du navire, au loin.

Je l'espérais plus que tout.

— C'est le moment où je te quitte pour rejoindre ma cabine, seule, et sauver les apparences ?

— J'embarquerai dans une demi-heure, répondit-il sans entrain.

La réalité nous rattrapait au grand galop. Nous n'avions été qu'Alexi et Andreas sur cette plage – peut-être même dans l'Extra avant ça. Dorénavant, nous allions devoir composer avec tout ce que nous savions l'un sur l'autre, en prenant plus que jamais le risque de tout mélanger. Les prérogatives liées à nos rôles respectifs – et particulièrement au sien –, nos relations devant le reste de l'équipage qui se résumaient à une suite de joutes hystériques. Mais il y avait ces autres instants à l'abri des regards. Quand le rideau tombait et que nos corps appelaient à se réunir. Ils valaient mille fois ces dangers.

— Merci, Snow.

— De quoi, *capitaine* ?

— Merci, c'est tout.

Quand j'ouvris la portière, Andreas me retint par le poignet pour retarder mon départ et avança son visage. Sa main s'enroula autour de ma nuque.

— Je te veux, souffla-t-il avec ferveur. N'en doute jamais. Pardonne-moi d'avance pour tout ce que je n'ai pas encore fait.

Il relâcha sa prise et moi l'expiration que je retenais.

— Bonne nuit, Miss Météo.

— Bonne nuit, Ice, répondis-je en m'extirpant maladroitement du véhicule.

Nous étions parvenus à briser la glace. Hélas, il y avait encore celle qui emprisonnait son cœur, solide, épaisse – inaccessible. Sans oublier le poids de nos névroses.

Je n'étais plus si confiante lorsque je m'engageai sur la rampe d'accès qui menait au navire.

CHAPITRE 7

Je ne reconnus pas la pièce où je m'éveillai le lendemain matin. Une impression que je n'avais pas éprouvée depuis longtemps.

Je crus d'abord être dans la petite chambre que j'occupais dans la maison de ma mère, avant de me rendre compte qu'aucune lumière ne filtrait dans la pièce. Je pensai ensuite à mon appartement de Seattle, et aux stores que je devais fermer pour ne pas subir la cacophonie nocturne de la rue.

Jusqu'à ce que je remue dans le lit.

La sensation désagréable du drap rêche sur ma peau, son odeur d'amidon n'étaient pas familières. J'étais bel et bien de retour dans ma petite cabine. Mes états d'âme ne m'avaient pas réveillé en sursaut, cette nuit-là.

Oubliés le choc des révélations d'Andreas, les larmes versées à torrents ? Certainement pas, mais je lâchais prise, enfin.

Je me levai, ragaillardie. Ma tête me laissa tranquille deux minutes de plus, avant de me nourrir de toutes les images de Diamond Beach. J'eus finalement le loisir de réfléchir à la situation en faisant ma toilette : je venais de me jeter dans la gueule du loup, lequel surfait sur la même vague d'inconstance que moi.

Quelques heures plus tard, je me dirigeai du côté des hangars, en essayant de me convaincre que ce n'était pas pour y rencontrer Andreas.

C'est Drake qui vint finalement à moi tandis que j'admirais l'étoile de givre bleu électrique peinte sur le fuselage d'un Hornet.

— C'est Kenny qui l'a gribouillée, lança-t-il pour me saluer.

— Il est doué.

— Ouais, pas mal pour un bleu ! Tout baigne, Miss Météo ? Comment s'est passée la séance de voltige à Diamond Beach ?

Comme dans un rêve...

— Bien, me contentai-je de répondre C'était bien. Je pense pouvoir bientôt être capable de faire ces trucs. Vos trucs...

— Le plus tôt sera le mieux, Snow. Ça me crève de l'avouer, mais ce connard de Van Allen a de bonnes idées parfois.

Et de la suite dans les idées, très souvent !

— Et ta soirée, Drake ?

Son humeur joviale et son sourire radieux le dispensaient d'explications !

— Tu es déjà allée dans un restaurant où le client doit découper son poisson comme un grand ? Pas une sardine ! Je te parle de… d'un genre d'espadon !

— Un espadon, Teddy Bear ?

— Arrête avec ce nom à la con ! gronda-t-il en me repoussant gentiment.

Il frappa le flanc du chasseur de la paume de sa main.

— C'était une vraie gargote ! Mais qu'est-ce qu'on a rigolé !

— Alors, Zora et toi…

— … nous apprenons à nous connaître, finit-il.

— Tu vas devoir la jouer fine.

— Ce ne sera pas un problème, répondit-il avec honnêteté. Je n'ai pas cherché à être un autre, hier soir. Elle a apprécié.

Je lui souris, attendrie.

L'amour nous transformait en guimauve…

— Et toi, Lex ?

Son regard était devenu soupçonneux.

— Tu me parais bien plus en forme qu'hier. Bien moins déprimée, surtout.

— Où veux-tu en venir ?

Je savais très bien ce qu'il essayait de me faire avouer.

— Je t'ai déjà dit que ce n'était pas une bonne idée.

— Je croyais qu'*il* avait parfois de bonnes idées…

Il leva les yeux au ciel et je fus agacée ; j'étais assez grande pour savoir ce que j'avais à faire ! Et j'avais pris ma décision en connaissance de cause. Andreas m'avait confié un grand secret, la clef de ses tourments et de ses hésitations. Je ne le trahirais pas.

— Ce n'était pas une bonne idée non plus, de ne pas parler à Donovan de tes problèmes, répliquai-je sur le même ton.

Drake se raidit aussitôt.

— OK, puisque nous en sommes là : moi, je ne comprends pas ce qui t'empêche de dénoncer Ganipy à ta hiérarchie. Surtout depuis que tu t'envoies en l'air avec elle de manière régulière !

Œil pour œil, dent pour dent.

Si seulement les choses avaient pu être aussi simples, eus-je envie de lui répondre, mais j'étais trop en colère pour ça.

Drake, Jerry, April, Andreas et moi marchions sur des œufs. L'équilibre qui nous maintenait à flot était plus précaire que je l'imaginais.

— Je ne peux pas te répondre, Drake…

— Alors je crois qu'on va en rester là, dit-il sèchement. Tu as quartier libre cet après-midi, tu ferais bien d'en profiter pour prendre l'air et réfléchir.

Sa remarque me blessa. Il ne m'avait jamais parlé méchamment.

— Bonne journée, Alexi.

Drake tourna les talons, et disparut quelques secondes plus tard derrière la haie de chasseurs.

Lorsque le soleil apparaissait sur une rive, la pluie frappait l'autre à grand fracas. J'avais besoin de fumer une cigarette, et de boire un café, sous peine d'être découragée de si bon matin.

L'énergie que je mis dans ma course jusqu'au réfectoire fut peut-être un peu excessive. Au détour d'un couloir du pont trois, je heurtai de plein fouet un homme que je n'identifiai pas immédiatement.

— Lieutenant Snow ! s'exclama-t-il en me retenant par les épaules.

Le capitaine Bale, suivi de près par le capitaine Van Allen – et par un autre gradé dont j'ignorais le nom.

J'avais fini par le retrouver. Si j'avais pu tomber dans ses bras plutôt que dans ceux de son homologue…

Andreas évita mon regard et contempla la couverture du dossier qu'il tenait dans sa main droite. J'aurais donné cher pour connaître ses pensées. Se souvenait-il de notre formidable étreinte dans le sable ? Ou encore du moment où il m'avait confié ses secrets ?

À en croire l'expression sérieuse de leurs visages, ces messieurs allaient se consacrer à une intense séance de réflexion autour de la gestion de leurs ouailles.

— Vous paraissez bien pressée, me taquina Bale après que j'eus salué tout le monde dans les règles.

Sauver les apparences.

— Oui, en effet… réussis-je à bredouiller.

— Bonne journée, lieutenant.

— Merci. Vous aussi, capitaines, soufflai-je comme les trois hommes me dépassaient.

Andreas fermait la marche ; j'en pris plein la vue durant quelques secondes… Jusqu'à ce qu'il disparaisse dans la salle de conférence.

J'attendrai quelques heures avant de savoir si le vent avait définitivement tourné. Patience…

Je retrouvai Kenneth Pierce dans la salle à manger et m'installai à sa table avec un gobelet de café. Le jeune Peyton, pilote dans l'escadron des Dragons, lui tenait compagnie.

— Miss Météo, je te présente le lieutenant Timothy Peyton. Tim, le lieutenant Snow.

— Alexi, précisai-je en le devinant intimidé.

Il me sourit, soulagé.

— Kenny, tu m'avais caché tes talents d'artiste, commençai-je en buvant une gorgée de café.

Ses yeux de chat s'illuminèrent.

— Tu aimes ?

— Oui. C'est racé et coloré.

— Bonne nouvelle ! s'exclama-t-il en me faisant un clin d'œil.

— Tu fais ça depuis longtemps ?

— Sur le fuselage des avions ? Depuis mon arrivée sur le *Percival*. Drake avait besoin d'un symbole plus agressif et viril pour son Teddy Bear. Ensuite, on m'a passé commande.

Ice aussi, alors ? Je ne manquerais pas de lui poser la question. Cela promettait d'être amusant !

— Avant ça, je laissais mon empreinte partout. J'ai une prédilection pour l'éphémère. Ce que je peins sur les avions est d'ailleurs amené à être effacé…

Pierce soupira, le regard dans le vide, se montrant une fois de plus sensible et mélancolique.

Les apparences étaient décidément trompeuses.

— Alexi, tu vas bientôt participer à nos exercices ? demanda enfin Timothy avec prudence.

— Ça n'a pas été évoqué, mais comme la stratégie de nos huiles consiste à me mettre devant le fait accompli, qui sait ! Disons plus raisonnablement que j'ai encore quelques paliers à franchir avant d'en arriver là.

— Certes… Mais tu es douée.

Gênée, je balayai son compliment d'un revers de main.

— Van Allen le pense aussi, renchérit Peyton.

Je relevai brusquement la tête. Kenneth se rembrunit.

— Qu'est-ce qui te laisse penser ça ?

— Tout le monde le lit dans ses yeux sans que personne n'en parle.

— On se demande bien pourquoi… ne put s'empêcher de dire Pierce.

Je hochai la tête, devinant à quoi il pouvait faire allusion.

— Certains sont jaloux. D'autres ne le supportent pas parce que je suis une femme.

Timothy ne confirma, ni n'infirma mes propos. Il m'adressa un sourire contrit avant de boire son jus d'orange.

— Van Allen est un des meilleurs, reprit-il. Il est d'une précision redoutable, avec ce soupçon d'audace qui fait de lui un sacré pilote !

Parler d'Andreas Van Allen avec un de ses ailiers. Ou comment jeter de l'huile sur le feu, étancher ma soif…

C'en fut trop pour Kenneth.

— Tu es amoureux, Peyton ?

Timothy ne prit pas la peine de relever.

— Je peux te poser une question, Alexi ?

— Tu viens de briser la glace, non ?

Il acquiesca tandis que Kenneth ricanait en l'observant s'agiter.

— Après la démonstration dans quelques semaines, tu continueras à voler ?

La question venait enfin de m'être posée. J'optai pour une réponse diplomatique.

— Il est encore trop tôt pour se prononcer. Je suis ingénieur météo, et j'ai toujours aimé mon boulot. Je découvre à peine celui de pilote.

Timothy hocha la tête, puis leva son verre.

— À notre prochaine virée dans le ciel, Miss Météo ! Je serai ravi d'en partager un morceau avec toi !

— Et à qui aurai-je l'honneur ?

— *Stimpy !* répondit Timothy en riant. Je ne pouvais pas y échapper…

Je lui souris et soulevai à mon tour mon gobelet.

— Contentez-vous de boire maintenant… grommela Pierce, agacé.

Après cet intermède instructif, j'avais pensé partir à la recherche d'April. Avant de me souvenir de la manifestation de son soutien sans faille, la veille…

Ces vingt-quatre heures de liberté allaient bientôt commencer sans que je sache quoi en faire.

En désespoir de cause, je pensai à Zora. Nous aurions pu faire la tournée des bars ensemble, à moins de trouver d'autres activités plus palpitantes telles que la découverte de l'archipel ou l'étalage de crème solaire sur fond de carte postale. Fallait-il encore qu'elle ait la chance de pouvoir quitter le *Percival.*

Je m'acheminai vers nos quartiers avec le mince espoir de la trouver encore dans son lit. J'arrivai dans le couloir de nos appartements, frappai à sa porte, et eus confirmation de ce dont je me doutais : Zora travaillait quelque part sur le navire.

Avant de partir, j'eus la présence d'esprit de prendre un autre paquet de cigarettes dans ma chambre. Quelle ne fut pas ma surprise de découvrir une feuille de papier, pliée en deux sur le seuil. On l'avait glissée sous la porte durant mon absence.

Je reconnus l'écriture élégante de mon supérieur lorsque je la dépliai.

Va faire un tour dans les vestiaires du hangar, Miss Météo.

Un rencard crapuleux ? Andreas devenait joueur et mystérieux.

Il n'avait indiqué aucune heure, et son message manquait de précision. Cela ne m'empêcha pas de m'enflammer en songeant à ce qu'il inventerait sur place.

Je me ruai dans la salle de bains pour redonner du volume à ma queue-de-cheval en laissant même échapper quelques mèches de l'élastique qui retenait mes cheveux en arrière.

Le brillant à lèvres à la framboise d'April était posé debout sur le bord d'une étagère. Pas ma couleur, pas mon genre, mais après une seconde d'hésitation, je m'en emparai et m'en tartinai la bouche !

J'arrivai en moins de sept minutes dans le hangar, et pris la direction des compartiments intérieurs. Mes progrès en matière d'orientation étaient considérables !

Hélas, il n'y avait personne dans les vestiaires. Je fis quelques pas dans la pièce, visitai les douches, avant de m'approcher de l'annexe qui jouxtait la pièce principale.

Le cœur battant la chamade, je poussai la porte qui n'était pas verrouillée. L'endroit était sombre, étroit. Je trouvai l'interrupteur de la lumière non loin du chambranle de la porte. Une rangée de hauts casiers était alignée contre le mur. Je m'en approchai et lus le nom de tous les pilotes de l'escadron.

Je repérai celui de Timothy Peyton, frappé du dessin d'un gros chat à l'air ahuri. Celui de Drake et sa tête d'ours montrant les crocs, rebaptisé Teddy Bear par le feutre indélébile d'un petit plaisantin. Celui d'Andreas Van Allen frappé de la même étoile de givre que sur le fuselage du Hornet. Le nid d'œufs psychédéliques de Egor *Eggs* Sachs me fit sourire.

Et puis je découvris le mien.

Miss Météo. Tracé en volutes élégantes sur l'étiquette au-dessus du verrou. On avait apposé sur la porte métallique le dessin d'un beau nuage gris argent transpercé par un éclair.

Je compris pourquoi Kenneth Pierce s'était réjoui lorsque j'avais avoué aimer ces œuvres. Je n'avais pas fait mes preuves mais j'étais des leurs. Cela signifiait aussi qu'Andreas croyait en moi. C'était la plus belle forme de confiance qu'il m'eût témoignée, j'en fus très émue.

À l'intérieur du casier, il y avait un cadenas et ses clefs posés sur une autre feuille de papier. Pliée en quatre celle-là.

Uncle Bo's House. Sur la route de Diamond Beach.

Je pense pouvoir me libérer après dix-sept heures.

Bonne journée, Miss Météo.

A.

Contre toute attente – et en prenant encore des risques – Andreas venait de m'inviter à dîner.

Les nuages noirs qui avaient provoqué le déluge de la veille avaient fait place à un ciel d'azur. L'air était chaud, mais pas étouffant, grâce à la brise qui caressait les terres de l'archipel. L'après-midi s'annonçait sous les meilleurs auspices.

Je me préparai longuement en me pliant au triptyque de rigueur : épilation-hydratation-décoration. Je me maquillai, en me servant dans le vanity du Dr Donovan.

Après un dilemme d'une seconde et demie, je revêtis la même tenue que la veille, en changeant ses couleurs. Le pantalon qui moulait mes cuisses était gris perle, la tunique blanche. Je détachai mes cheveux et modelai à la main les boucles brunes qui avaient dégringolé sur mes épaules.

Lorsque je fus fin prête, je rejoignis la passerelle permettant d'accéder au quai. Je n'étais pas la seule à avoir obtenu quelques heures de répit. Les hommes qui m'entouraient ne furent pas indifférents à mon allure, ils me lancèrent des regards appréciateurs, sans être trop concupiscents. Je me félicitai du travail accompli en constatant que l'objectif de ma transformation avait été atteint. J'espérai qu'elle toucherait de la même manière l'homme sans qui elle n'aurait pas eu lieu d'exister.

— Alexi !

Susan Derwick marchait derrière moi, vêtue d'une longue robe turquoise qui s'enroulait autour de ses jambes en mouvement.

— Tu as été libérée sous caution, toi aussi ? plaisantai-je lorsqu'elle arriva à ma hauteur.

Elle replaça une longue mèche de ses cheveux blond platine derrière une oreille, avant de m'adresser un sourire bienveillant.

— Jusqu'à demain matin. Mais je rentrerai ce soir, le commandant risque d'avoir besoin de moi.

Cette femme était incroyablement zélée...

Elle brandit un trousseau de clefs devant mon nez.

— On m'a prêté un véhicule, pour circuler en ville. Tu veux en profiter avec moi ?

Tout cela était incroyablement suspect !

Ni April ni Zora. Ce serait donc *Suzy* qui me tiendrait compagnie jusqu'au soir. Plutôt inattendu, mais à bien y réfléchir, c'était finalement une de mes meilleures options.

Arrivées sur le quai, nous contournâmes le navire pour nous acheminer jusqu'au garage. L'homme qui nous confia la Jeep ne manqua pas d'exprimer sa surprise, puis son mécontentement.

Nous l'ignorâmes après avoir échangé un sourire de connivence...

Nous roulions en direction d'Honolulu, cheveux au vent et lunettes de soleil vissées sur le nez. Contrairement à ce qu'aurait pu laisser penser son allure douce et tranquille, Susan avait une conduite très nerveuse ; je m'étais laissée surprendre plusieurs fois par ses arrêts, puis par ses démarrages brutaux.

Je respirai à nouveau lorsque nous traversâmes le centre-ville, même si ce fut de courte durée… Nous nous éloignâmes encore, quittant les quartiers où avaient été érigés de grands buildings, pour nous rapprocher du cratère de Diamond Head et des quartiers Est.

— Je déteste Waikiki, pesta Susan lorsque je la questionnai sur notre destination. Nous serons mieux à Kaimuki.

Elle n'en était pas à son premier séjour sur un porte-avions, ni à sa première escale sur la grande île. Elle y avait ses habitudes qu'elle se plaisait à honorer à chacune de ses visites.

Elle nous conduisit d'abord dans une petite boutique où elle acheta de jolies tenues de nuit. Elle était mince et élancée, je ne doutais pas un instant de son potentiel de séduction avec – ou sans – ses morceaux de tissu au coût exorbitant. Je m'interrogeai quant à l'identité de celui qui en profiterait. S'il ne s'agissait pas d'un mari ou d'un amant à terre, j'avais quelques idées…

Puis nous allâmes – contre mon avis – nous faire dorloter sur la plage privée d'un grand hôtel, où nous parlâmes plus sérieusement lorsque les employées qui nous avaient massées nous laissèrent enfin seules.

Je commandai un Hawaïan tandis qu'elle se contenta d'un cocktail sans alcool. Ne sachant pas grand-chose l'une de l'autre, nous trinquâmes à notre réussite professionnelle. Parce qu'elle m'avait mise en confiance, Susan choisit ce moment-là pour me questionner sur ma vie personnelle.

— Il n'y a pas grand-chose à dire, répondis-je, laconique. Personne ne m'attend à Seattle.

— Même pas tes parents ? s'étonna-t-elle.

— Ma mère, peut-être. Quand je ne la fais enrager.

Je me promis de l'appeler avant la fin de la journée…

Je ne m'étendis pas sur les détails de notre drôle de relation. Du départ de mon père, au *coming-out*. En passant par mes frasques au plus fort de ma colère, dix ans auparavant.

— Et toi ?

Sa curiosité était contagieuse.

— Personne non plus, soupira-t-elle. J'ai été mariée pendant vingt ans, mais ça n'a pas marché. Nous nous sommes séparés, il y a trois ans.

— Je suis désolée. Rares sont ceux qui osent prendre cette décision après autant d'années de vie commune. C'est très courageux.

— Merci, mais je ne suis pas aigrie, ni amère, me rassura-t-elle. Nous avons eu nos beaux moments, et notre mariage nous a donné un beau garçon.

Un *petit* garçon ?

— Quel âge a-t-il ?

— Vingt ans ! s'exclama-t-elle, attendrie.

Je ris de ma méprise.

— Tu étais très jeune !

— J'avais trente ans.

Et aujourd'hui, Susan avait donc…

— Oui, je suis une toute jeune cinquantenaire !

J'écarquillai les yeux, admirative.

— Quel est ton secret ?

— C'est à ce moment-là que je te réponds que je ne me nourris que de fruits, de légumes, de poisson et de graines ? plaisanta-t-elle.

Elle me fit un clin d'œil avant d'ajouter :

— Rien de tout ça, Alexi ! Juste un peu de sport, quand j'en ai envie… Et du sexe quand j'en ai l'occasion.

Elle l'énonça sans sourciller et sourit lorsque j'ouvris de grands yeux étonnés.

— Ça… Ça doit être un peu compliqué, depuis quelques temps… répondis-je pour donner le change.

Susan se tourna vers la mer et fixa le voilier qui entrait dans la crique.

— Oui… soupira-t-elle.

Elle devint soudain songeuse. J'étais certaine qu'il se passait quelque chose entre elle et Van Allen. L'aîné, bien sûr…

— Il paraît que ce n'est pas de bon ton de coucher avec un supérieur.

Elle me regarda, terriblement gênée.

— J'en sais quelque chose, ajoutai-je pour la rassurer.

Nous étions deux dans la même galère, autant partager nos expériences pour nous aider à survivre jusqu'à la fin de nos missions respectives.

Elle baissa la tête, sembla hésiter.

— Je suis désolée, Susan. C'était plus fort que moi.

Je m'en voulus de l'avoir déstabilisée, elle ne le méritait pas après ce qu'elle avait fait pour moi ces dernières heures.

Elle hocha la tête, avant de m'interrroger.

— Le capitaine ?

J'acquiesçai.

— Et toi, le commandant du même nom ?

Elle soupira, vaincue.

— Oui… Et ce n'est pas une passade. Nous avons assez de vécu l'un comme l'autre pour savoir que nous voulons aller plus loin.

J'aurais aimé pouvoir en dire autant…

— C'est plus compliqué de votre côté ? demanda-t-elle, ennuyée.

— Très compliqué, répétai-je. Au point que j'ignore comment tout ça va finir…

— Tu as peur ?

— Oui… Parce que j'en ai trop voulu malgré moi. Trop vite.

Susan me lança un regard sévère.

— Il n'y a pas de *trop,* ou de *trop vite.* Nous sommes soumis aux lois du hasard et des rencontres, et à la violence de nos sentiments. Il ne faut rien le regretter, ni se reprocher quoi que ce soit. À nous d'apprendre à vivre avec nos sentiments, aussi violents et inattendus soient-ils. Surtout lorsque nos existences ont déjà été marquées par des déceptions.

Susan Derwick était formidable. Ou peut-être savait-elle ce qui était arrivé à Andreas et devinait ce qui nous empêchait de vivre une idylle sereine ?

J'aurais pu lui expliquer qu'il était caractériel, monstrueusement sûr de lui. Absolument irrésistible lorsqu'il y mettait du sien. Mais je craignis d'en avoir pour quelques heures si je me penchais sur celui à qui j'avais déjà tout donné – et pardonné.

— Vous vous en sortirez, Alexi. D'une manière ou d'une autre, conclut-elle en m'adressant un sourire bienveillant.

Je l'espérais.

À seize heures trente, l'excitation se fit plus aiguë – et plus oppressante. Je brûlais de savoir quel accueil me réserverait Andreas, après les effusions de tendresse et les révélations de Diamond Beach.

J'imaginai mille et un scénarios durant le trajet à bord du taxi qui traversa Honolulu pour m'emmener à l'ouest de la ville. J'étais, tour à tour, soulevée dans les airs ou embrassée avec passion, le dos excessivement cambré en arrière, comme une héroïne de cinéma des années trente. L'imminence de l'évènement avait fini par me faire prendre mes désirs pour des réalités ! J'étais bel et bien de la même trempe que ces midinettes dont je me moquais depuis le début de mon adolescence.

Je fus sur le seuil du Uncle Bo's House à dix-sept heures. Andreas m'attendait déjà, au fond de la salle. Lorsqu'il se leva, je rendis les armes, vaincue par son magnétisme animal.

Il portait encore un treillis, de couleur grise. Et un débardeur, d'un blanc immaculé.

Nous nous rejoignîmes précipitamment. Il enroula son bras autour de mes épaules et plongea sa main dans mes cheveux pour m'emprisonner.

Je respirai son odeur d'ambre et de tabac, je me gorgeai de la chaleur de son corps.

— Tu es en retard… souffla-t-il au creux de mon oreille.

C'était encore mieux que tout ce que j'avais fantasmé.

— Toi aussi, tu m'as manqué.

Susan Derwick avait raison. Peut-être que nous y arriverions finalement…

CHAPITRE 8

— Il ne faut pas qu'on traîne.

Je hochai la tête, en transit entre la Terre et le paradis, et fixai Andreas avec adoration.

— Tu vas bien ? demanda-t-il, inquiet.

Je retrouvai ma voix et accessoirement ma raison.

— Qui êtes-vous ? Qu'avez-vous fait du capitaine Van Allen ?

Il haussa un sourcil.

— Je t'ai promis que j'allais faire des efforts, ça commence dès maintenant.

— Je n'appelle pas ça un effort, mais un tremblement de terre ! Pourquoi est-ce qu'on ne peut pas rester ici ?

— Parce que nous sommes attendus… chuchota-t-il d'un air énigmatique.

Il recula d'un pas et contempla ma tenue quelques secondes, avant de prendre ma main. Nous étions particulièrement bien assortis. Le présage d'une soirée mémorable ?

Ses yeux s'éclairèrent d'une lueur vorace et j'en éprouvai une immense satisfaction. Une violente bouffée de chaleur me parcourut des pieds à la tête.

— Ça change des combinaisons ! osai-je l'interpeller.

Son sourire s'élargit.

— Certes, mais elles offrent quand même certains avantages...

Oh, capitaine...

— Allez ! Il est temps de partir, enchaîna-t-il avant de dériver trop loin.

Andreas serra ma main plus fort et adressa un signe de tête à l'homme derrière le comptoir, avant de m'entraîner vers la sortie.

— Je peux savoir où nous allons ? À moins que cette question relève d'un aspect de ta personnalité que tu ne comptes pas améliorer !

— De quoi est-ce que tu parles ? demanda-t-il en ouvrant la porte de la Jeep stationnée dans la ruelle adjacente.

— De ton penchant pour le mystère, et pour le sadisme surtout !

— Tu penses trop ! s'exclama-t-il en démarrant. Ne t'en fais pas, je ne vais pas te faire languir jusqu'à notre arrivée. Nous retournons à Diamond Beach. Je voudrais que tu rencontres Thaddeus.

Son mentor.

Je fus immédiatement moins détendue.

— Il va t'adorer, me rassura-t-il.

M'adorer ? Si seulement toi, tu pouvais m'aimer. Juste un peu.

Andreas s'inséra dans la circulation et nous filâmes à nouveau vers l'ouest.

— Thaddeus a un faible pour les brunettes futées, expliqua-t-il. Et en y réfléchissant, peut-être bien aussi pour les blondes décérébrées.

Je frappai son bras et il m'adressa en retour un sourire carnassier. Il était encore diablement séduisant…

— Concentre-toi sur la route !

— N'essaie pas de me donner des ordres, ou cela risque de se retourner contre toi, Lex.

La menace avait été délivrée sur un ton suave, Andreas voulait jouer. Je frissonnai de plaisir en imaginant jusqu'où cela nous conduirait.

Durant le trajet, il me questionna sur mon après-midi et je lui racontai comment Susan et moi nous étions détendues. Lui me parla de sa journée, de son entrevue avec son père et les autres gradés, aux aurores, en passant par les réunions de l'après-midi avec les responsables des équipes du pont. Il était nécessaire de mettre un peu d'ordre dans leurs affaires avant que le gros de l'équipage n'aille se détendre, jusqu'à en oublier la raison de leur présence sur l'archipel.

— Toi aussi, tu comptes te perdre en chemin ? demandai-je avec espoir.

— Nous verrons, Snow…

La soirée serait décisive. Nous n'irions pas au-delà de ce que nous avions déjà partagé si nous ne faisions pas abstraction du passé.

La silhouette des entrepôts apparut au loin. Je devins plus nerveuse à mesure que nous approchions de l'aérodrome. Comme la veille au soir, nous nous arrêtâmes à côté du hangar. La porte coulissante était ouverte. L'Extra manquait à l'appel. Les autres appareils stationnaient en revanche aux mêmes emplacements.

— Thaddeus ? appela Andreas.

Il n'obtint pas de réponse.

— Godzilla ? reprit-il.

J'étouffai un rire en comprenant qu'il s'agissait sûrement de son surnom en vol. Je mourais d'envie d'en connaître l'origine.

— C'est un maître absolu, il en impose comme personne dans le ciel. On ne voyait que lui dans son escadron.

J'avais ma réponse.

— Comment est-il arrivé ici ?

— C'est une longue histoire…

Nous entendîmes le bruit d'un outil que l'on posait sur le sol en béton, puis les pas d'un homme qui approchait. Thaddeus Nishimura fit son apparition de derrière le nez d'un appareil.

Je lui donnais une cinquantaine d'années, à première vue.

— Ice ! Tu es en avance ! lança-t-il joyeusement en essuyant ses mains pleines de cambouis sur sa combinaison.

Une main plaquée sur mes reins, Andreas me fit avancer vers son mentor. Ce que je soupçonnais depuis qu'il avait fait mention de son nom se confirma : Godzilla semblait être japonais.

C'était un bel homme. Ses cheveux gris foncé, coupés très court, faisaient ressortir les traits anguleux de son visage. Sa peau hâlée, presque de la même couleur que celle de son ancien élève, était burinée par le soleil et l'empreinte du temps.

Lorsqu'ils s'étreignirent brièvement, je constatai qu'il était aussi grand qu'Andreas. Mais il était en revanche plus mince, moins athlétique. Ses yeux de chat – d'un vert aussi pâle que le bleu de ceux du capitaine – me poignardèrent.

— Qui est cette charmante personne ?

— Godzilla, je te présente le lieutenant Alexi Snow. Miss Météo, Thaddeus Nishimura, le maître des lieux, nous présenta-t-il. Tu ne rencontreras pas meilleur pilote que lui.

Nishimura ne releva pas la flatterie et lui adressa un sourire égrillard.

— Lieutenant Snow, Van Allen ? l'apostropha-t-il sur un ton moqueur. Tu n'avais pas précisé qu'il s'agissait d'une femme quand tu m'as demandé la permission de voler avec l'Extra !

— Je savais ce que je faisais, Thaddeus…

Nishimura me tendit sa main.

— Lieutenant Snow !

— Alexi, le corrigeai-je en répondant à son salut.

Il m'observa plus attentivement en gardant ma main dans sa paume calleuse. Ses orbes minces et clairs s'étrécirent encore et des rides apparurent au coin de ses yeux rieurs.

— Donc vous volez, Miss Météo ?

— Et plutôt bien ! ajouta Andreas en m'agrippant par le bras pour me ramener vers lui.

Mes joues brûlèrent de plaisir à l'annonce de ce compliment inattendu.

— Quand je n'ai pas la trouille, ça m'arrive !

— Elle vole, elle est délicieuse, et modeste avec ça ! Bravo, Van Allen ! Et où est-ce que tu l'as trouvée ?

— Demande à l'état-major !

Je leur jetai un regard noir.

— *Elle* est encore ici ! répliquai-je sèchement.

Les deux hommes m'ignorèrent royalement, j'enrageai de plus belle.

— J'ai besoin du Piper, annonça Andreas en se dirigeant avec Nishimura vers l'entrée du hangar.

— Les règles n'ont pas changé, Van Allen, le prévint-il sur un ton paternaliste.

— Je ne l'abîme pas, je refais le plein, et je rentre avant minuit !

— Attends que je vienne faire la loi sur ton pont d'envol… grommela son mentor.

Ils se dirigèrent vers l'appareil en question, s'activèrent autour de lui et finirent par le déplacer à la force des bras vers l'extérieur. Je les suivis en traînant des pieds, encore vexée par leurs railleries d'un goût douteux.

Nishimura forçait nettement plus qu'Andreas qui paraissait à peine essoufflé. Ses pommettes hautes s'étaient parées d'une teinte rose, je retrouvai un quart de sourire et refoulai pour un temps les prémices de ma colère.

— En piste ! s'exclama Nishimura en frappant dans ses mains. Le ciel n'attend pas !

Andreas grimpa avec souplesse dans l'appareil et me tendit son bras.

— Je vais y arriver toute seule… grommelai-je en déclinant son offre.

Je surpris entre le maître et son élève un regard de connivence lorsque je parvins à me hisser sans aide dans le cockpit. Nishimura hocha la tête et mon instructeur lui sourit. Sa chevelure aux reflets dorés était agitée par la petite brise qui s'était levée tandis que nous étions à l'intérieur. Elle flamboyait dans la lumière orange de cette fin de journée. Mon regard erra sur les épaules et les biceps robustes. Malgré l'intensité de ce que nous avions partagé, la gravité des secrets qui nous liait, Andreas m'intimidait encore…

— À un de ces jours, Miss Météo ! me salua Nishimura en faisant une courbette.

— On y va ? me demanda Andreas avec un clin d'œil.

— Où ça ?

— Au risque de te donner raison, je ne te le dirai pas, cette fois.

Je m'installai sur le siège du copilote et m'harnachai. Lui était aux commandes.

— On ne travaille pas, alors ?

— Il y a un temps pour tout, Lex.

Sa voix était séductrice. Une nuée de papillons déploya ses ailes quelque part entre mon entrejambe et mon estomac.

— D'accord, me renfrognai-je en croisant les bras sur ma poitrine.

Andreas alluma les moteurs et dirigea le petit Piper sur la piste.

— Je te garantis que tu ne vas pas bouder longtemps, *lieutenant.*

— C'est ce qu'on verra, *capitaine*…

Il avait raison.

Le spectacle qu'il m'offrit fut encore plus époustouflant que celui de la veille. Nous volions vers le nord-ouest. Le paysage devenait plus verdoyant et sauvage. La nature se parait de l'ambre des derniers rayons du soleil, qui effleuraient la cime des arbres, le relief des cratères recouverts de végétation, la roche des sommets montagneux. Nous nous rapprochâmes de l'océan qui scintillait, pour quelques minutes seulement avant que la nuit ne le dévore.

Je ne parlai pas durant la demi-heure que dura notre vol et écoutai Andreas nommer tous les aspects du paysage qui défilait sous nos yeux. Nous nous étions éloignés du centre névralgique de l'île, pour nous diriger vers une zone très boisée, sans aucun signe de présence humaine. Nous nous rapprochions de l'océan.

— On va atterrir à Kapua. Tu es prête ?

— Prête à quoi ? répondis-je, méfiante.

Andreas me jeta un coup d'œil puis sourit avec insolence.

Je fouillai dans ma mémoire à la recherche d'un indice tandis que l'appareil perdait de l'altitude. C'est en observant une nouvelle fois le paysage que je compris.

— Il n'y a pas de piste !

— Elle est là, rit-il en inclinant l'appareil vers la droite pour amorcer un virage.

Je défaillis en découvrant devant nous le simulacre d'asphalte sur lequel nous étions censés nous poser.

— C'est une route désaffectée, expliqua Andreas en déplaçant le petit avion en face du ridicule ruban cabossé. On accède à la plage par l'océan.

— Ou par les airs… grinçai-je des dents.

Lui s'amusait comme un fou.

— J'ai pensé que ça serait plus amusant, Snow ! Tu encaisses 2 G sans broncher, tu gères un décollage, et bientôt un atterrissage, sur un pont d'envol, et tu crèves de trouille maintenant ? s'esclaffa-t-il.

— Je crevais de trouille pour le reste, aussi ! Ne fais pas semblant de l'ignorer !

Ma voix montait dans les aigus en même temps que nous arrivions à faible vitesse vers le sol. Il se rapprochait pourtant bien trop vite à mon goût. Cela ne serait jamais aussi impressionnant que nos exercices, mais ficelée par la tonne de check-list et par la théorie qui faisait voler les chasseurs, j'étais plus à l'aise dans ce type de manœuvre que dans le *free-style* dont Andreas m'offrait un aperçu. Nous avions rendez-vous avec son audace légendaire. Elle contribuait à rendre le personnage encore plus charismatique qu'il ne l'était déjà. Et sexy. Terriblement sexy, il fallait l'avouer.

— C'est parti ! s'exclama Andreas, heureux comme un gosse.

L'ersatz de piste était bel et bien en piteux état. Et ridiculement court.

Nous frôlâmes la cime de quelques arbres avant d'arriver sur le morceau de ligne droite qui ne devait pas se prolonger au-delà de trois cents mètres. Il repartait ensuite en virage serré.

Je retins mon souffle et m'agrippai au harnais jusqu'à ce que nous touchâmes le sol. Sèchement, la première fois. Andreas, plus assuré et intrépide que jamais, appuyait de toutes ses forces sur les pédales de frein tout en maintenant l'axe. Sa maîtrise de l'exercice me fit encore grande impression. Le Piper s'arrêta à une vingtaine de mètres après la ligne droite et nous nous retrouvâmes face à la forêt. On apercevait un sentier qui serpentait du bord de la route vers l'intérieur, en direction de l'océan. Il se perdait dans la végétation luxuriante.

— Respire ! me lança un Andreas exalté.

Je grommelai une insulte tout en détachant les sangles qui me retenaient encore au siège. Il fit de même en riant. Lorsqu'il mit pied à terre, il se retourna pour me proposer son aide. Je ravalai ma salive à la vue de ses bras tendus vers moi. J'en avais fait une obsession ce soir-là ; peut-être parce que je mourais d'envie d'y être confortablement étreinte ?

Je ne me fis pas prier pour me laisser tomber contre son torse.

— Tu n'es plus fâchée ?

— Cela dépendra de la suite du programme… Je ne vois rien autour de nous ! Qu'est-ce que tu mijotes ?

— Des questions, toujours plus de questions…

Un point pour lui. J'allais devoir beaucoup parler pour que nous soyons quittes.

— Suis-moi, reprit-il.

Nous marchâmes à peine cinq minutes avant d'arriver à la plage. Il y avait une grande maison en bois construite au bout de la toute petite crique, avec une avancée sur la mer. Elle tenait sur quatre pilotis et semblait éclairée par quelque source lumineuse qui scintillait au loin.

— Alors, ça en valait la peine ? me demanda Andreas.

— Oh, oui… murmurai-je. Où sommes-nous ?

— À Kapua, sur les terres d'authentiques habitants de l'île. Le premier étage de la maison abrite la lune de miel de quelques chanceux.

— Lune de miel ? Vraiment ?

Dire que j'étais ravie était un doux euphémisme…

— Le nouvel Andreas, celui que tu voulais, déclara-t-il en haussant les épaules.

— Tu n'as pas idée, *capitaine…*

Il fit soudain demi-tour et se jeta sur moi. Son pied faucha mes mollets et je tombai dans ses bras tandis qu'il nous faisait basculer en arrière pour m'allonger sur le sable, son torse plaqué contre ma poitrine, ses hanches clouant les miennes. Ses beaux yeux bleus s'étaient assombris.

Arghhhh… Et maintenant ?

— Snow, il va falloir arrêter de jouer, gronda-t-il en immobilisant mes poignets au-dessus de ma tête. Ou sinon…

Je vins à la rencontre de son entrejambe pour le provoquer.

— Ou sinon quoi ?

Il se pencha pour susurrer à mon oreille :

— Sinon, tu n'atteindras la maison qu'une fois que j'aurai pris ce qui me revient de droit.

Il fit passer une main sous mes reins et m'empoigna une fesse pour être plus explicite.

— Tu as tendance à prendre tes rêves pour des réalités…

— Tu crois ?

Il mordilla le lobe de mon oreille, et je gémis, prise à mon propre jeu.

— En plus, je ne vois pas de quoi tu parles… mentis-je en enfouissant mon nez dans son cou.

— Parce que tu tiens à ce que je rédige un rapport ? tonna-t-il en me pétrissant les fesses encore plus fort.

J'aimais passionnément l'Andreas caractériel et torturé, mais je me liquéfiais aussi pour celui qui se comportait comme un homme des cavernes et m'offrais volontiers sur sa peau de bête, en bénissant toutes ses fantaisies.

— Vous prendrez bien ce qui vous chante, *capitaine*… haletai-je en cherchant ses lèvres. Comme toujours…

— Snow, qu'est-ce que je t'ai déjà dit à propos de ça…

Une séquestration. Une semaine. Avec lui. Quelque chose du genre.

Nous nous embrassâmes violemment et la température creva le plafond en une fraction de seconde. Cette énergie familière fourmillait déjà dans mon ventre. Nous roulions dans le sable pour la deuxième fois en moins de vingt-quatre heures ; arriverions-nous enfin à nous envoyer en l'air sur le sable ?

— Tu n'as fait que me provoquer depuis le début de la journée… continua-t-il d'une voix plus rauque. Ce matin avec Bale…

— Je n'étais pas au courant… résistai-je.

Sa langue fut de la partie et je contre-attaquai aussitôt.

— Ce soir avec Thaddeus… Maintenant sur cette plage…

Je libérai mes mains et tirai sur ses cheveux soyeux.

— Arrête de te plaindre, Van Allen…

J'enroulai ma jambe autour de ses genoux, pris appui sur le sable avec mon coude, et nous retournai d'un coup. Andreas ne cilla pas et continua de m'embrasser comme je le chevauchais.

— Je n'ai rien fait, et tu le sais, protestai-je.

Il se redressa et nous nous retrouvâmes assis, l'un en face de l'autre.

— Parce que le jour où je te provoquerai vraim…

— Lex !

Andreas avait plongé ses doigts dans mes cheveux pour écarter mon visage du sien et interrompre notre baiser torride. Sa tignasse en bataille, ses pommettes hautes, ses belles lèvres gonflées par mes attaques et, par-dessus tout, ses yeux clairs flamboyants me firent chavirer, une fois de plus.

— C'est toi qui as commencé, me rebellai-je, stupéfaite par son brusque revirement. Avec ton jeu de piste, ton atterrissage de kamikaze, et ta surprise.

Nous nous dévisageâmes avec méfiance. Le feu reculait mais les braises continueraient de crépiter.

— Un kamikaze ? Très pertinent à Hawaï, Snow. On y va, cette fois ?

J'appuyai mon front contre le sien, son souffle chaud caressa mes lèvres meurtries par ses fougueux baisers. Un tour de manège façon Van Allen, les montagnes russes du sexe et de l'amour.

— Tu n'es pas croyable…

— Il paraît, Snow.

— Et tu es tellement lunatique !

Il glissa ses paumes sous mes cuisses pour nous remettre debout, avant de prendre ma main pour nous conduire jusqu'au pied de la belle demeure.

— Et agaçant, surtout !

On ne m'arrêtait plus.

— Et tu es un enfoiré de première !

— Continue, Snow ! rit-il en me traînant plus vite derrière lui.

Nous empruntâmes l'escalier qui menait à la plate-forme au-dessus des flots. Je perçus plus distinctement les halos de lumière tout en haut.

— Nous sommes attendus ?

— Pas exactement. On m'a juste permis de profiter des lieux pour la soirée.

Il ne me paraissait plus aussi sûr de lui. Il me jeta même un regard inquiet avant de poursuivre :

— Et pour la nuit, si ça te tente.

Autant demander à un aveugle s'il veut voir !

— Comment connais-tu cet endroit ?

— J'y ai acheminé quelques touristes dans ma jeunesse.

— En avion ?

— Une seule fois. Les autres préféraient se prélasser sur le voilier.

— Parce que tu navigues aussi ?

J'étais impressionnée.

Il hocha la tête comme nous arrivions presque au sommet de l'escalier.

— Et quoi d'autre ? demandai-je, concentrée sur ses fesses qui remuaient à hauteur de mes yeux.

Il fut amusé par ma question.

— Je surfe, et je fais très bien la cuisine.

Qu'il arrête ! Ou j'allais être capable de lui demander de m'épouser avant la fin de la soirée !

— Et donc tu…

Je ne terminai pas ma phrase lorsque je découvris ce qui nous attendait sur la terrasse.

Les lumières que nous apercevions de la plage émanaient de quatre grosses lanternes disposées aux coins de la plate-forme. L'océan s'étendait devant nous, à perte de vue. Nous distinguions la silhouette de petits îlots sur fond de coucher de soleil. Il n'y avait rien alentour, ni personne.

La table avait été dressée tout près de l'eau. Il y trônait un énorme plateau de fruits de mer. La nappe qui la recouvrait était rose pâle, les chaises recouvertes d'un tissu vaporeux de la même couleur.

— Je n'en avais pas demandé autant… bougonna Andreas en observant ces détails.

Je souris devant sa gêne et sa pudeur. Je retrouvais *Ice* et sa banquise, après l'incendie dévastateur des minutes précédentes.

— Tu as dû cocher l'option *Lune de miel* par erreur.

— J'aurai deux mots à leur dire…

Je me retournai et contemplai la première pièce de l'étage. Elle était entièrement ouverte sur ce paradis. Je fus hypnotisée par le lit opulent de cette magnifique chambre : ses draps d'un blanc immaculé, ses colonnes en bois exotique surmontées de voiles qui se balançaient dans la brise du soir.

Embarrassés, nous éprouvâmes la même chose, au même moment : ce décor romantique, cet érotisme subtil ne cadraient pas avec ce que nous vivions depuis plusieurs semaines.

C'est pour cette raison qu'Andreas avait retardé notre arrivée en ces lieux, lorsqu'il avait fait en sorte que nous chahutions sur la plage.

Cela faisait beaucoup pour une première.

— Si tu n'aimes pas, on peut aller ailleurs, se dépêcha-t-il de dire.

Je ne l'avais jamais vu aussi mal à l'aise.

— Qu'est-ce que tu imaginais en m'amenant ici ?

Il ne répondit pas mais sonda mon regard quelques secondes.

Sortis de ce fichu navire, nous étions de vrais empotés… Mais en commençant de la manière la plus foireuse qui soit, rien ne nous empêchait de rectifier le tir, dans la mesure de nos possibilités et en restant nous-mêmes.

Il était temps d'assumer.

— Ne me dis pas que tu veux déjà que je t'emmène au lit, Lex ? se ressaisit Andreas.

— Et manquer de goûter cette fabuleuse langouste ? Même pas en rêve !

Il me sourit d'un air entendu et, main dans la main, nous avançâmes ensemble vers la table. Vers l'océan.

CHAPITRE 9

— Alors cette langouste, Snow ?

Je savourai le morceau de chair tendre et iodée en fermant les yeux.

— Une merveille…

Andreas était captivé par mon manège et je ne me privais pas d'en rajouter. C'est ainsi que les choses auraient dû commencer. Pas à la hussarde, au fin fond d'un hangar, dans la colère et la frustration.

Je gloussai en me resservant.

— Doucement, Snow ! gronda-t-il en tentant de reprendre la bouteille de ce vin blanc liquoreux dont nous nous délections depuis le début du repas. La journée risque d'être longue demain…

Je lui échappai, le sourire aux lèvres.

— J'ai découvert que Pierce était un artiste, répliquai-je en ignorant ses avertissements.

Il haussa un sourcil.

— Tu ne savais pas ?

— Drake et toi m'avez donné matière à réfléchir avec votre programme d'entraînement, expliquai-je. À anticiper et à trembler, aussi. Je suis passée à côté de tout, ces premières semaines.

— Nous avons considérablement accéléré la formation initiale, surtout après avoir constaté que tu tenais le rythme qu'on t'imposait. Tu t'en es toujours bien sortie. Il n'y pas de raison que ça change.

J'en aurais ronronné de contentement ; on ne restait pas indifférent quand le capitaine Van Allen formulait un compliment.

— Très mignon, ce nuage gris transpercé d'un éclair. C'était ton idée ?

Il acquiesça.

— Et celle de Drake, aussi. Il te plaît ?

— Beaucoup. Je suis donc… foudroyante ?

— Houleuse et orageuse !

— C'est vrai que tu es d'un calme olympien, en toute circonstance.

Je bus une dernière gorgée de vin, puis tendis l'autre main pour saisir la bouteille. Cette fois, Andreas parvint à intercepter mon poignet.

— Snow… gronda-t-il gentiment.

— Laisse-moi m'enivrer. J'ai besoin de me détendre pour que tout ça soit plus naturel.

— Ça ne tardera pas à le devenir… promit-il, espiègle. Nous n'en sommes pourtant pas à notre premier dîner en tête-à-tête, Snow.

— Parce que grignoter trois beignets de crevettes dans une Jeep, trempés jusqu'aux os, tu appelles ça un tête-à-tête, toi ?

— Un tête-à-tête à notre mesure.

— C'est juste, admis-je en buvant encore.

— Je peux commencer à te poser des questions plus personnelles ? Après tout, je suis le seul à être passé aux aveux.

Je lui fis signe de passer à l'offensive, non sans appréhension.

— Que s'est-il passé en Floride avec Gabriel McGee ?

— On ne peut pas plutôt parler de ma mère homosexuelle ?

— Non !

— Je vois que tu t'es bien renseigné….

— J'ai simplement lu ton dossier, Lex. Tu as été formée là-bas, et tu as laissé tomber du jour au lendemain.

— Et pour McGee ?

— Il y a des rumeurs qui circulent.

— Des rumeurs… répétai-je, lugubre.

— Je suis bien placé pour savoir qu'elles ne remplacent pas la vérité. C'est pour ça que je te pose cette question.

— C'est tout ?

— C'est tout, répondit-il avec honnêteté.

Ma gorge était serrée, mes mains moites. Je refusais de me souvenir, parce que je ne voulais plus souffrir de cette mésaventure.

— Nous étions fiancés…

Andreas fut surpris. Il se cala au fond de la chaise et attendit que je poursuive, attentif.

— Je croyais encore au grand amour, même si je ne l'aurais jamais avoué, me justifiai-je.

Cela fit référence aux propos qu'il avait tenus la veille.

— Nous nous sommes entraidés pendant les sélections, puis nous avons appris ensemble à voler. Un jour, nous sommes tombés dans les bras l'un de l'autre. Surtout moi, dans les siens… Nous avons continué d'être un duo efficace, du moins c'est ce que je croyais. J'ai compris plus tard qu'il était le seul maître à bord. Tout était allé trop vite. J'étais jeune, influençable… Ensuite, c'est d'un classique affligeant : je suis partie au Bangladesh pendant un mois, pour mettre mes compétences en météorologie au service de leurs équipes sur place. Quand je suis rentrée, on m'a appris qu'il couchait avec une autre. Une infirmière, plus gradée et plus blonde que moi. J'ai demandé ma mutation à Everett, j'ai laissé tomber le pilotage, fin de l'histoire.

Andreas me regardait avec attention.

— Comme ça ? Aussi facilement ?

Je claquai des doigts devant lui.

— Comme ça ! De toute façon, j'étais météorologue avant d'être pilote.

— Je n'en suis pas si sûr, Lex…

— J'avais passé du temps auprès de populations en détresse. J'étais chamboulée. Et quand je suis rentrée…

Ma voix s'éteignit dans ma gorge.

— Ce n'est pas lui qui te l'a avoué ?

— Non ! crachai-je comme les mauvais souvenirs submergeaient mon esprit. Ce lâche a continué de me baiser, au sens propre comme au figuré, pendant deux semaines avant que je prenne au sérieux ce qu'on me racontait.

Je bus une nouvelle gorgée de vin pour faire reculer ma colère.

— C'est un connard qui s'en mordra les doigts, lâcha Andreas sur un ton hargneux.

— Il se mordra ce qu'il voudra, je m'en balance.

Menteuse.

L'air dubitatif, Andreas ne semblait pas convaincu non plus. Raviver ces fâcheux souvenirs me ramena inévitablement à notre situation.

— Il n'est pas le seul à jouer sur deux tableaux, osai-je ajouter.

Andreas comprit où je voulais en venir.

— Je n'ai pas touché Darlene depuis un an et demi.

J'avais envie de le croire. Andreas Van Allen avait des défauts, mais il ne m'avait jamais menti.

La brèche venait encore de s'ouvrir, je mis mes états d'âme de côté et m'y engouffrai.

— Comment avez-vous fait pour tenir ?

— Je te l'ai dit : les manœuvres en mer.

— Où est-ce que tu es allé ?

— Honduras, Bahreïn, Japon. Sans oublier l'Afghanistan et l'Irak, les incontournables.

Il n'avait pas volé la feuille de chêne cousue sur son uniforme. J'avais beau connaître les termes de notre engagement, je frissonnai en l'imaginant au cœur de ces enfers.

Je remplis encore nos verres. Dans quel état allions-nous finir ?

— Comment as-tu fait pour reprendre l'avantage ? reprit-il. C'était moi qui menais l'interrogatoire jusque-là.

Andreas semblait être à l'affût du moindre volume d'air que je déplaçais.

Je picorai dans mon assiette avant de m'appuyer sur le dossier de la chaise.

— Tu n'es pas le seul à changer de stratégie, lui souris-je effrontément. J'affûte mes armes pendant que tu t'endors sur tes lauriers.

— Tu es encore plus chaude quand tu deviens conspiratrice, Snow !

L'atmosphère venait de changer. La tiédeur du soir se fit plus lourde autour de nous, jusqu'à se transformer en une moiteur lascive. Ma tête commençait à tourner.

— J'ai encore une question…

— Et ensuite, le dessert ?

Je regardai autour de nous.

— Je ne vois pas de dessert.

— Moi, si. N'oublie pas que je sais faire la cuisine…

Oh, ces yeux de braise…

— D'accord, je suis le dessert.

Il devenait difficile de cacher mon excitation.

— Tu ne veux pas entendre l'histoire avec ma mère ? résistai-je encore.

— Ta question, Lex ! Qu'on en finisse !

Le capitaine Van Allen était bel et bien de retour ! Cela promettait pour la suite.

Il fronça les sourcils, méfiant.

— Est-ce que tu as encore des sentiments pour elle ?

Ses prunelles acier se firent plus brillantes, et il n'hésita pas.

— Je croyais encore en éprouver. Mais c'était avant de te connaître.

Mon cœur fit une embardée.

— D'accord… soufflai-je, comblée par sa réponse.

Nous étions parvenus à mener une conversation autour d'un repas, sans nous disputer. La magie opérait toujours, sinon plus. C'est ce *plus* qui crépitait désormais entre nous.

— C'est maintenant qu'on baise ? dis-je, étourdie par sa dernière confession.

Par les vapeurs de l'alcool, aussi…

Andreas me couva d'un regard torride.

— Il semblerait, Snow.

Il se leva lentement, prit son temps pour ranger sa chaise. Je salivai en dévorant des yeux son corps athlétique. Je me voyais déjà le débarrasser de son débardeur et tirer sur la braguette de son treillis. À moins que je ne procède pas dans cet ordre. J'étais affamée, après tout…

Andreas me tendit sa paume et je me précipitai dans ses bras. Une main descendit sur mes reins, l'autre, plongée dans ma chevelure, tint fermement ma nuque. Il contempla mon visage en silence. Avec dévotion, me souffla ma conscience pleine d'espoir.

— Bénis soient les connards… lâcha-t-il avant de m'embrasser.

Une seule fois, avant de relever la tête précipitamment.

— C'est…

— … bizarre, murmurai-je.

— On s'en sortait pourtant bien.

Ses yeux s'illuminèrent.

— Attends, j'ai une idée…

Après m'avoir relâchée, il me fit reculer puis se pencha en avant pour entourer mes cuisses d'un bras. Je hurlai au moment où je basculai sur son épaule.

— C'est mieux ? s'exclama-t-il joyeusement.

Ça nous ressemblait un peu plus en tout cas.

— Fais-moi descendre ! tempêtai-je en m'agitant – pour la forme…

Andreas rejoignit la chambre à grandes enjambées. Je fus ballottée comme un vulgaire sac de pommes de terre avant qu'il me dépose avec précaution sur le drap blanc. La brise souleva un pan de voile qui s'enroula autour de ses jambes. Cet homme ombrageux et magnifique m'appartenait, peu importe pour combien de temps.

— Et maintenant ? demandai-je en m'allongeant sur le linge frais.

Comme dans un rêve, Andreas fit rouler son tee-shirt sur ses abdominaux, puis sur ses pectoraux. Avant de le faire passer par-dessus sa tête et de le laisser tomber derrière lui.

Oui, à moi.

Il écarta le voile transparent, posa un genou sur le bord du matelas et avança à quatre pattes jusqu'à me surplomber. Une lueur concupiscente faisait scintiller ses yeux bleus. Je m'étirai comme un chat, mes doigts frôlèrent les oreillers derrière nous.

Je haussai un sourcil, il plissa les yeux. Le temps arrêta sa course tandis que la vague enflait dangereusement.

Enfin, nous nous laissâmes happer par ce désir trop puissant pour y résister. Andreas se laissa tomber sur moi, j'enroulai mes jambes autour de sa taille. Il tira sur ma tunique et je déboutonnai son pantalon. Il dégrafa mon soutien-gorge pendant que je poussai le vêtement arrivé à ses chevilles pour le libérer.

Le besoin de me fondre en lui galopait dans mes veines, saturait ma vue, et mon ouïe. Sa langue courut sur mon cou, dans le creux de ma gorge.

— Tu es salée, Lex.

— Tu es dur, Andreas.

La pression de son sexe bandé sur mes cuisses, sur mon entrejambe liquide, me déliait la langue.

Andreas fit glisser mon pantalon sur mes cuisses, puis sur mes mollets. Sa bouche para à la manœuvre, avec la même fougue, la même revendication. Quand il ne resta plus que nos sous-vêtements, nous roulâmes sur le lit pour tenter de remporter une bataille acharnée qui donnerait au vainqueur le corps et les lèvres de l'autre. Andreas prit finalement le dessus. Il emprisonna mes poignets dans sa main et engloutit avec voracité mes tétons douloureusement érigés. Mon sexe se contracta avec violence une première fois.

— Tu veux venir comme ça ?

Je hochai la tête avec frénésie. J'allais finir par le supplier s'il continuait sur cette lancée.

— Attends…

Il recula et je gémis de frustration. Andreas arborait un sourire canaille quand il se redressa pour s'agenouiller entre mes genoux.

Il crocheta l'élastique de ma culotte de ses index, et découvrit mon sexe dans une lenteur délibérée. Je fermai les yeux pour encaisser la crispation quasi douloureuse de mon entrejambe.

Mon slip finit par voler dans la pièce. Si j'avais eu toute ma raison, j'aurais crié au scandale devant tant de provocation. Quand il rouvrit mes cuisses, le regard brumeux et lascif, la caresse de l'alizé sur ma chair incandescente fit palpiter mon sexe comme un cœur.

Andreas revint sur moi pour infliger à mes seins une délicieuse torture. Je me cambrai sur les draps et plongeai mes doigts dans ses cheveux dorés, appelant à la délivrance.

— J'y viens, Lex… chuchota-t-il contre ma peau pendant que ses mains m'empaumaient avec vigueur.

Il aspira plus fort, signant la fin de mon calvaire ; je jouis dans un cri rauque. Ma féminité délaissée pulsa violemment, mon corps convulsa contre le sien. Andreas ralentit la cadence et embrassa tendrement la courbe de mes seins. Bien qu'étourdie, je me nourris du dernier acte de son déshabillage : son boxer blanc disparut et il libéra son érection.

— Il faut que je te touche…

— Plus tard, Snow.

Andreas me releva pour m'asseoir face à lui. J'étais essoufflée, loin d'être remise de cet orgasme violent et fabuleux.

— Il y a plus urgent… murmura-t-il en effleurant mes lèvres.

J'eus à peine le temps de saisir son érection dans ma paume qu'il me souleva pour m'installer sur ses cuisses. Mes seins collés à ses pectoraux, ses abdominaux contre mon bas-ventre, et puis mon sexe reclamant le sien, rigide sur ma cuisse. Nous ne pouvions pas être plus proches que ça.

— Bon Dieu, Lex ! Tu es…

— Oui, je sais…

Il me pénétra jusqu'à la garde et je perdis pied.

Je rouvris les yeux et le contemplai : les mâchoires serrées, les mains crispées autour de mes cuisses…

— Ça va ? demanda-t-il en remuant avec précaution.

Un fourmillement délicieux me parcourut l'échine.

— Oui. Continue…

Une main agrippa ma taille, l'autre reprit sa place sur ma nuque. Andreas avança ses hanches, lentement mais toujours avec détermination, et je vins à sa rencontre pour mieux l'accueillir. Une fois, deux fois. Je me consumai de plaisir en fermant les yeux.

— Regarde-moi, ordonna-t-il d'une voix éraillée.

Ses lèvres étaient entrouvertes, son torse se soulevait au rythme de sa respiration effrénée. Ses beaux yeux polaires s'ancrèrent une bonne fois pour toutes aux miens.

C'est à cet instant précis que tout bascula, que cela devint différent, bouleversant. Il y avait eu ses aveux, mes confidences, l'irrésistible attraction de nos corps, et cette dernière étincelle. Elle avait mis le feu aux poudres, pour me révéler l'évidence : j'aimais cet homme à en crever.

Nous gémîmes de longues secondes, sans retenue, la peau luisante de sueur.

— Lex, je me demandais…

— Quoi ?

— Est-ce qu'on est en train de baiser, là ? chuchota-t-il, à bout de souffle.

Oh, Andreas…

— Non… Non, je ne crois pas…

— D'accord… Ç'est bien ce qui me semblait…

Nos regards se croisèrent, puis Andreas m'embrassa avec dévotion.

Encore. Et encore.

C'est moi qui accélérai la cadence, rompant la magie de ce merveilleux balancement qui nous avait liés si étroitement. Andreas me pénétra plus brutalement.

— Accroche-toi…

Je hochai la tête tout en agrippant ses biceps.

— Ne me lâche pas… insista-t-il dans un souffle.

Jamais.

Il s'aventura si loin que je poussai un cri, surprise par la puissance de son assaut. Il devenait exigeant à son tour, moi docile. Il prenait là où je l'encourageais.

— Je vais jouir… m'affolai-je, émerveillée.

Il prit mon visage dans ses paumes, je tirai sur ses cheveux. Nos fronts se heurtèrent, en sueur.

— Toi aussi, tu es salé… trouvai-je la force de murmurer.

S'il y avait eu une élection couronnant le sourire le plus craquant du capitaine Van Allen, cela aurait été celui qu'il m'adressa en retour. Doux, amusé, presque tendre.

L'orgasme nous terrassa. Une vague d'énergie qui gonfla d'un coup, atteignant son apogée durant quelques secondes, m'obligeant à me cambrer, avant de retomber lentement. Elle laissa mon corps chaud et palpitant reposer contre celui de mon amant, aussi secoué que moi.

Nous glissâmes ensemble sur le drap, allongés dans un enchevêtrement de jambes et de bras. Au loin, l'océan grondait. La nuit avait définitivement pris la relève, seules les lanternes de la terrasse baignaient la chambre d'une lumière douce et apaisante.

Quand la fièvre retomba un peu, je me retournai sur le ventre et l'admirai. Sa peau aux monts et reliefs musculeux, son sexe lourd sur sa cuisse, son visage d'ange des ténèbres.

Andreas ne me laissa pas poursuivre ma charmante observation et ceintura ma taille pour me coller contre lui. Pour la première fois depuis nos débuts, il ne chercha pas à prendre la tangente. Il ne fut ni distant ni orgueilleux, mais à la hauteur de ce qu'il avait montré durant la soirée.

Mon cœur s'emballa quand il me tint plus près, une main sur ma hanche, l'autre caressant mes cheveux que j'imaginais en bataille. Ses prunelles claires toujours aussi brumeuses fixèrent mes lèvres, puis ma gorge. Il déposa un baiser sur ma mâchoire avant de frotter son nez sur ma joue. Il sentait bon, un mélange d'ambre, de sel des embruns et d'alcool. S'il existait un paradis, il était entre ces draps – et entre ses bras, nulle part ailleurs.

— Lex…

Lex, je ne peux plus vivre sans toi.

Je fermai les yeux, ivre de bonheur. Repue comme jamais.

— Je veux que tu voles à Hickam, demain.

Le crash, ou la désintégration en pleine montée.

Je ravalai ma déception comme il continuait de câliner mon visage. Mes oreilles qu'il mordillait, le coin de mes lèvres qu'il butinait.

— Tu es sûr ? balbutiai-je.

Il dut prendre mon malaise pour une inquiétude liée à son annonce.

— Oui. Je suis sûr. J'ai foi en toi.

Moi aussi, j'ai foi en toi, Andreas. Un jour, nous y arriverons.

C'était un début.

Il m'embrassa férocement et les braises crépitèrent à nouveau.

— J'espère que tu n'es pas en train de t'endormir… gronda-t-il en planant au-dessus de moi, une érection toute neuve plaquée sur son bas-ventre.

Cet homme était infatigable.

— Il faut que nous vérifiions cette théorie… Tu sais, à propos de baiser, ou pas… poursuivit-il avec un sourire fripon.

Je choisis d'oublier cette déconvenue. Il nous fallait prolonger encore un peu cette échappée.

— J'aime ta rigueur scientifique… soupirai-je en laissant courir mes doigts sur ses fesses.

Lui cala ses mains sous mes genoux.

— Mais avant ça, Lex…

Il les souleva pour que mes pieds reposent à plat sur le matelas.

— Je dois savoir si tu es aussi salée…

Puis il les écarta, s'offrant la vision des chairs gonflées de mon sexe. Ses yeux s'étrécirent.

— Là… finit-il en embrassant l'intérieur de ma cuisse. Je veux ces lèvres exquises…

Bon sang…

Ensuite, il disparut entre mes jambes et je rendis les armes.

Plus tard, je fus réveillée par le vent marin qui chatouillait mes joues et ma gorge. Je constatai amèrement que j'étais seule sous le drap blanc. Andreas était sur la terrasse. Il me tournait le dos, une cigarette entre ses doigts, l'oreille collée à son portable. Il avait enfilé ce boxer blanc qui moulait ses fesses de manière affolante.

Sa main s'égara à deux reprises dans ses cheveux ébouriffés tandis qu'il parlait. J'étais trop loin pour saisir des bribes de sa conversation, mais il paraissait nerveux. Avec qui pouvait-il bien communiquer au beau milieu de la nuit ?

Mon regard erra sur le mobilier de la petite chambre, façonné dans le même bois clair que le grand lit, puis sur les murs ocre et les tentures qui encadraient l'échappée vers l'océan.

Une nouvelle brise me fit frissonner, glaçant ma peau encore moite de nos ébats. Je jetai un dernier coup d'œil vers la terrasse, me levai et avançai vers ce qui me semblait être l'entrée d'une salle de bains. Carrelée dans les mêmes tons que la chambre, pourvue d'une douche à l'italienne luxueuse et d'une baignoire aux dimensions généreuses, elle satisfaisait, elle aussi, aux critères du standing *Lune de miel.*

Le début de la soirée avait été prometteur, le dîner ludique, le sexe prodigieux. J'avais besoin de m'éclaircir les idées après avoir éprouvé tant d'émotions. L'eau fraîche sur mon visage, mes épaules et mon dos me fournit cette trêve. Elle dégringola entre mes seins pour atteindre mon sexe et je soupirai d'aise. Les effets de l'alcool se dissipaient. À l'euphorie succéda une torpeur bien moins agréable. Au savoureux engourdissement, une douleur sourde derrière mes tempes. Je songeai à ce que j'avais espéré entendre, un peu plus tôt. Ma période *grand amour* et *prince charmant* n'était pas aussi révolue que je voulais bien le croire… Je jurai de ne plus m'enivrer à ce point avant de tomber dans les bras d'Andreas.

Comment allions-nous gérer la suite de notre histoire après ces heures enchanteresses ? Andreas arriverait-il à vaincre ses démons ? Et finirait-il par quitter Darlene ? Pourquoi n'arrivais-je pas à lui tenir tête plus de dix minutes lorsqu'il me poussait dans mes retranchements ? Pourquoi la chair était si faible malgré tout ce qui se dressait entre nous ? Comment pouv…

— Arrête, Snow !

Je sursautai.

— Je t'entends réfléchir depuis la terrasse.

Il posa ses mains sur mes hanches et ses lèvres picorèrent l'arc de mon cou. Je constatai avec ravissement qu'il était nu derechef.

Au diable les questions…

Je penchai la tête pour lui offrir un meilleur accès à tout ce qu'il voudrait. Ses mains migrèrent plus au nord et empoignèrent mes seins tandis que l'eau ruisselait toujours sur nous.

— Nous partons dans une heure… souffla-t-il en les pressant dans ses paumes.

— Déjà ?

— Il est quatre heures.

Je me maudis d'avoir dormi si longtemps.

— Il fallait que tu te reposes, ajouta-t-il comme s'il avait lu dans mes pensées. La journée va être longue.

Ah, oui… La fameuse annonce que j'avais rêvée comme une déclaration.

— Tu repars en bateau, la navette de ravitaillement va passer te chercher plus tôt.

Voilà sans doute ce qu'il manigançait.

Je balançai mes bras au-dessus de ma tête pour saisir ses cheveux à pleines mains. Son toucher devint encore moins délicat.

— Et toi ?

— Je ramène le Piper à Diamond Beach et je passe en ville régler des affaires. Je te retrouve sur la base.

Il pinça mes mamelons érigés, je me tortillai en gémissant et m'agrippai à son cou. Andreas captura mes poignets, puis colla mes paumes sur le mur carrelé.

— Penche-toi.

Je passai en pilotage automatique et lui obéis dans l'instant.

— Encore, insista-t-il en creusant mon dos.

Je mourrais brûlée vive de l'intérieur s'il ne venait pas sur-le-champ.

— Je craque quand tu me tiens tête, mais qu'est-ce que je bande quand tu t'offres comme ça… susurra-t-il à mon oreille.

Je tournai la tête et le fusillai du regard.

— Tu as dit une heure, Van Allen. Tais-toi, et *baise-moi* !

— À vos ordres, Miss Météo… rit-il en s'exécutant.

CHAPITRE 10

J'embarquai sur le *Percival* aux premières lueurs de l'aube. Le hors-bord qui assurait le ravitaillement des petites criques de la région était arrivé avec cinq minutes d'avance. Il avait rapidement rallié Kapua à Honolulu et m'avait déposée à l'entrée de la zone où stationnaient les bâtiments militaires. J'avais couvert à pied le dernier kilomètre qui me séparait du navire.

L'air frais du matin avait atténué la migraine lancinante provoquée par nos dérives alcoolisées, et par le manque de sommeil. Mes cuisses, elles, étaient courbaturées et porteraient encore quelques heures le souvenir de cette nuit incroyable.

Fidèles à nous-mêmes, nous nous étions quittés sans effusion de tendresse. Cependant, l'étincelle qui animait les prunelles couleur de glace de mon amant ne m'avait pas échappé. Ni son sourire ravageur lorsqu'il m'avait fait signe depuis l'embarcadère, tandis que le bateau s'était éloigné du rivage.

De retour chez nous, j'arpentai les coursives en tentant de refouler mes pensées, et les flashs de ces dernières heures.

Le feu et la fièvre qui avaient parcouru mon corps durant les douze dernières heures, faisaient place à une agitation et à une fébrilité de tous les instants.

Je devais me concentrer sur l'objectif de la journée. Après une première tentative quelques années auparavant, après des semaines au cours desquelles je m'étais pliée à un entraînement accéléré, je touchais du doigt le Saint-Graal de tous les apprentis pilotes. Le tremplin rêvé pour parvenir à une autre étape de ma formation.

Lorsque je déverrouillai la serrure de ma cabine, la porte de la chambre voisine s'ouvrit et je vis apparaître Zora Weet.

— Salut, lança-t-elle.

Elle portait un ensemble en molleton kaki et avait chaussé ses rangers. Même parée d'un sac-poubelle, cette fille-là serait toujours aussi canon.

— Tu m'attendais ? demandai-je, surprise.

Elle esquissa un sourire moqueur et ses belles dents blanches illuminèrent son visage à la peau sombre et veloutée.

— Je n'irai pas jusque-là, Snow.

Je hochai la tête, l'air entendu. Nous serions des copines de ce genre, sans niaiseries ni courbettes.

— Drake, alors ?

Elle ne put s'empêcher de sourire.

— Occupe-toi de ton cul, Snow ! Mais j'ai cru comprendre que Van Allen s'en chargeait…

Je me retins de jurer.

J'allais dire deux mots à Teddy Bear. À moins que April ait vendu la mèche...

Je me repris et décidai d'entrer dans son jeu.

— Il fait ça très bien, tu peux me croire.

— Vraiment ?

— Vraiment.

Le mot était faible.

— Qu'est-ce que tu veux ? repris-je en sentant l'atmosphère se détendre.

— Je viens avec vous, à Hickam. J'emmène mes hommes dans le convoi pour les entraîner avec les Marines.

Le spectacle promettait d'être à la hauteur.

— C'est tout ?

Elle fit mine de réfléchir.

— On m'a aussi chargée de te dire que tu étais attendue à six heures et demie en salle de briefing.

Je jetai un œil à l'horloge de mon portable.

— Il est six heures et quart, constatai-je avec effroi.

Zora afficha un air narquois.

Garce !

— Bouge-toi le cul, Snow.

— Je ne suis pas sous tes ordres, Zora.

— Estime-toi heureuse !

Elle s'adossa à la porte et croisa les bras sous sa poitrine opulente. Même sa veste à la coupe difforme ne parvenait pas à la dissimuler…

Nous nous dévisageâmes, amusées par la tournure que prenait notre échange avant qu'elle parte dans un rire démoniaque.

Je finis de déverrouiller la serrure et avançai sur le seuil.

— J'embrasserai « on » de ta part, lançai-je derrière moi. À plus, Zora. C'est toujours très agréable et vivifiant de discuter avec toi.

J'entendis un ricanement, puis la porte de sa cabine claqua derrière elle.

Andreas et moi avions usé – mais surtout abusé – de la douche italienne, aussi je gagnai du temps pour me préparer et pressai le pas le long des coursives.

Je me perdis et arrivai à destination avec cinq bonnes minutes de retard… Après tout ce que nous venions de partager en privé, j'avais rêvé mieux comme première confrontation avec mon supérieur.

Drake parlait au petit groupe rassemblé autour de la table. Je respirai un peu mieux en constatant l'absence du capitaine.

— Bonjour, les saluai-je.

Tous les regards convergèrent vers moi dans un silence pesant.

Ne pas se laisser impressionner.

L'escadron au grand complet était réuni dans cette salle. J'allais leur montrer de quoi j'étais capable !

— Excusez-moi, je suis en retard et…

Et ridicule ?

Egor Sachs me toisa avec condescendance, tandis que Drake me fit un signe de tête pour m'inviter à les rejoindre.

Je me pressai vers la première chaise libre, en veillant à garder la tête haute devant ces messieurs. Par chance, je me trouvai assise à côté de Peyton qui m'adressa un sourire aimable. Drake ne fit aucun commentaire et poursuivit ses explications. Je me demandai de quelle manière Andreas m'aurait accueillie en de telles circonstances.

— Il s'agira d'une visite de courtoisie. Mais nous en profiterons aussi pour nous dégourdir les ailes.

— Et décrasser les réacteurs de leurs Raptor ! lança un des hommes. On va les fumer ! Tu parles d'une visite de courtoisie !

Drake arbora ce sourire franc et triomphal qui m'avait mise à l'aise dès notre première rencontre.

— Voilà, c'est l'idée ! C'est le moment de leur en mettre plein la vue !

Il se tourna vers Timothy dont les yeux pétillaient à l'annonce de l'objectif de notre sortie.

— Simple curiosité, le bleu, tu as déjà volé sur ce type d'appareil ?

— En théorie, seulement. J'attends mon heure pour être dépucelé ! répondit ce dernier, exalté.

Je fis mine de m'offusquer tandis que les autres s'en amusaient.

— Un problème, Miss Météo ? demanda Sachs d'un air mauvais.

— Aucun te concernant, en tout cas.

— Nos grivoiseries te dérangent ? insista-t-il, hargneux.

S'il voulait la guerre…

Je me levai calmement et le couvai d'un regard meurtrier.

— D'accord. J'ai compris le message. Qu'est-ce qui te dérange le plus dans tout ça ?

— Lex ! intervint Drake en me faisant signe de me taire.

— Laisse-la continuer, Drake ! Tout le monde meurt d'envie d'entendre ce que le lieutenant Snow a à nous dire !

Contre toute attente, je surpris, parmi les regards agacés, d'autres plus compatissants. Cela m'encouragea à lutter.

J'acquiesçai et repris ma harangue.

— C'est parce que je suis une femme ou parce que tu n'aimes pas la concurrence ? Ou alors, c'est que je ne suis pas si mauvaise que ça, et que tu le sais…

Il rit bêtement et je ne me laissai pas décontenancer.

— À moins que… Oui, j'ai trouvé ! Tu aurais aimé passer du temps en tête-à-tête avec Van Allen !

Cette fois, je fis mouche. Mon public se gondola et Sachs vit rouge.

— Tu n'es qu'une… qu'une…

Je fondis sur lui et l'empoignai par le col de sa combinaison.

— Qu'une pistonnée ! cracha-t-il comme je le secouai.

Si ce n'était que ça…

— Snow ! tenta encore de s'interposer Drake.

— Ouvre bien tes oreilles, parce que je ne le répéterai pas !

En réalité, je m'adressai à tous mes futurs ailiers.

— J'en ai chié comme jamais pour en arriver là. Mon boulot à moi, c'était la météo. Est-ce qu'après cinq semaines dans ton putain de centre de formation, les instructeurs t'ont mis aux commandes d'un avion de combat ?

J'omettais volontairement d'évoquer mes antécédents de pilotage. La légende n'en serait que plus belle.

— Non, répondis-je à sa place en le relâchant brusquement. Est-ce que tu veux aussi qu'on parle de ce que je subis depuis deux semaines ?

— Ça ira comme ça, se renfrogna Sachs.

— Je n'ai pas terminé !

Je relevai la tête et les foudroyai du regard, un par un.

— Dans deux heures, le Hornet. Dans deux semaines, l'appontage. Continuez de vous branler et de vous congratuler, vous n'y comprendrez rien quand la gonzesse pistonnée vous la mettra bien profond.

Plus cliché que ça, j'avais rarement fait…

Tous me fixaient avec des yeux ronds, incrédules.

— Des questions ?

Nous nous retournâmes d'un seul homme vers l'entrée.

Le capitaine Van Allen se tenait sur le seuil de la porte, hilare. Depuis quand assistait-il à ma démonstration de force ?

Il avait échangé son treillis et son débardeur contre la combinaison couleur sable que nous portions tous pour voler.

— Bien, conclut-il en avançant dans la pièce.

Il fit tomber sur la table une liasse de feuilles retenues par un gros trombone.

— Hickam m'a faxé le bulletin météo. Vous prendrez connaissance des TAF et des METAR avant d'aller… Comment avez-vous dit, lieutenant Snow ?

Je regagnai tranquillement ma place au côté de Peyton. Il était inutile d'en rajouter, mon intervention avait été assez musclée sans avoir besoin de la couronner par un conflit hiérarchique.

Quoique je n'aurais pas été contre un combat à mains nues avec mon supérieur, quelques étages plus bas…

— Nous branler, répondit quelqu'un.

— Merci, Snoop. Voilà, nous branler.

Je baissai la tête et réfrénai mon envie de rire lorsque je compris qu'il en faisait autant. La complicité de nos ébats s'affichait en plein jour. Cela devenait franchement gênant, aussi je me fis toute petite jusqu'à la fin du briefing, non sans dévorer des yeux notre leader charismatique.

Je tentai de me fondre parmi les hommes du groupe lorsqu'on nous invita à regagner les vestiaires pour nous préparer au débarquement.

— Lieutenant Snow, vous restez encore deux minutes, lança Andreas sans quitter des yeux sa paperasse.

Je me souvins de l'intensité de ses regards sur mon corps quelques heures auparavant et souffris presque de son indifférence. Quelle étrange situation…

Je me retournai et me rapprochai de la table. Drake m'adressa un sourire en coin lorsque je repris place devant eux. Il n'avait pas boudé longtemps, et je n'étais pas rancunière.

— Comment te sens-tu ? demanda-t-il en allant fermer la porte.

— Pas trop mal. Je commence à m'habituer à ces mises sous pression de dernière minute.

Je fixai les épis dorés de la chevelure indomptable de mon supérieur.

Lui m'ignorait toujours.

— Tu as dit que tu nous la mettrais bien profond, Snow ! rigola Drake. Je ne veux pas imaginer de quoi il s'agit ! Par contre, je voudrais savoir ce que tu as pris dans ton café, ce matin ? Même Zora ne parle pas comme ça à ses hommes ! J'aurais dû prendre des notes !

Le coin des lèvres d'Andreas se souleva enfin.

— Je n'ai pas eu le temps de prendre de café, rétorquai-je.

Il leva la tête brusquement et posa sur moi un regard d'excuse.

Voilà, nous étions à nouveau réunis.

— Nous allons te donner toutes les informations relatives à l'exercice, expliqua Andreas en me tendant une feuille. Il s'agira de prendre l'appareil en main, puis de commencer un peu à voler en patrouille. Quand tu laisseras les commandes, les Raptor de l'escadron des Lions ne se priveront pas de l'occasion de nous impressionner.

Je consultai les ordres de mission.

— Je serai ton copilote, annonça Drake.

Déçue, je me tournai vers Andreas qui me le confirma.

— Tu décolleras la première, à huit heures zéro zéro, enchaîna-t-il immédiatement, pour m'empêcher de protester. À mille pieds, virage au cent quatre-vingts, puis direct pour la zone PHW-193. Tu as carte blanche jusqu'à huit heures vingt, nous serons là pour te guider. Ensuite, les Dragons te rejoindront et tu voleras en tant que numéro quatre.

— Des questions ? demanda Drake.

Oui, une seule.

Mais je n'eus pas le temps de la poser, si tant est que j'aurais osé le faire devant Drake.

— Capitaine, le commandant vous demande dans son bureau, intervint Susan Derwick, qui était apparue dans l'encadrement de la porte, tenant dans ses bras une grosse pile de dossiers qui menaçaient de perdre l'équilibre.

Lorsqu'elle m'aperçut dans la pièce, elle me sourit.

— Qu'est-ce qu'il veut encore… grommela Andreas en se levant.

— Te supplier de te tenir à carreau à Hickam ! répondit joyeusement son second.

— Vous avez besoin d'aide ? demanda-t-il à Susan avant qu'ils s'éloignent dans le couloir.

— Se tenir à carreau ? repris-je en fronçant les sourcils.

— Van Allen a tendance à lâcher les chiens. Parce qu'il a passé du temps ici, il s'imagine que le ciel hawaïen lui appartient !

J'en avais eu quelques aperçus les deux jours précédents, et cela m'avait plutôt enchantée.

— Tu as le bonjour de Zora, Teddy Bear.

Il fut agréablement surpris.

— Vraiment ?

— C'est étrange, c'est aussi ce qu'elle m'a répondu quand on a évoqué mes relations intimes avec Van Allen…

— Je n'ai rien dit, rétorqua-t-il, outré.

Je sus qu'il ne mentait pas. April allait donc entendre parler de moi…

Nous restâmes silencieux durant quelques secondes, les yeux dans les yeux.

— Je suis désolé. Pour hier… commença-t-il, mal à l'aise.

— J'ai déconné aussi.

Il s'assit sur la table et rassembla les feuilles dispersées çà et là par les pilotes lorsqu'ils avaient quitté la salle.

— Je ne me mêlerai plus de ce qui ne me regarde pas. Tu gérais ça très bien jusque-là…

Et j'espérai que cela continuerait longtemps.

— Je ne peux pas te promettre la même chose concernant ta santé, Theodore, soupirai-je. Comment te sens-tu aujourd'hui ?

Cela le ragaillardit.

— Tu as peur que je nous envoie dans le décor ?

— Aucun risque, c'est moi qui aurai les commandes. Je te garantis que je ne te laisserai pas y toucher !

— « Nous la mettre bien profond », Snow ! s'esclaffa-t-il. Ça commence avec moi ?

Drake savait désamorcer les situations de crise.

— Il y a Zora pour ça.

Il se leva, réjoui, et me tendit une des feuilles laissées sur la table.

— Tu n'as pas répondu à ma question, Theodore.

Je n'étais pas du genre à lâcher le morceau aussi facilement.

— Comme toi avec Van Allen, je gère ça très bien pour le moment. Je peux juste te promettre que si ça empire, j'en parlerai à April Donovan.

Sous ses airs débonnaires, Drake manœuvrait en usant d'autant de stratégie que moi. Sur ma lancée, je décidai de lui faire confiance à lui aussi.

Nous nous retrouvâmes dans l'immense garage, une demi-heure plus tard. Les moteurs de quatre vans stationnés à la même hauteur tournaient déjà. Les premiers rayons du soleil tombaient sur les capots mats et éblouissaient les hommes qui s'affairaient autour des véhicules. C'est au cœur de cette effervescence qu'apparut le capitaine Van Allen, auréolé de son magnétisme animal. Une paire de lunettes aviateur dans ses cheveux en bataille, sa combinaison ouverte au col laissant apparaître son maillot de corps. Il faisait déjà chaud ici-bas sans avoir besoin d'en rajouter…

Un jeune homme s'approcha de lui, un plateau de gobelets opaques en équilibre sur sa paume. Du café. Heureuse initiative pour les gradés que nous étions.

Andreas tourna la tête à gauche, puis à droite, et finit par m'apercevoir en train de le reluquer. Il prit deux gobelets et remercia l'homme d'un signe de tête. Ce dernier rejoignit Zora Weet et son équipe postée un peu plus loin.

Andreas me fit signe de le rejoindre.

— Lieutenant Snow, un remontant avant la grande embardée ?

Je pris le café qu'il me tendit et le gratifiai d'un sourire.

— Ça va ? dit-il plus discrètement.

— Il faut que je te parle…

Il se raidit.

— Le moment est mal choisi.

— Tu es parti avant de m'en laisser le temps.

Il observa les alentours pour s'assurer que personne ne nous prêtait attention, puis m'empoigna par le bras pour nous conduire à l'abri des regards. Nous nous faufilâmes entre le véhicule au bout de la rangée et le mur adjacent.

Son expression changea. Je retrouvai l'homme qui avait partagé mon lit, la veille.

— Qu'est-ce qu'il y a ? m'interrogea-t-il, inquiet.

J'allai droit au but :

— Pourquoi Drake ?

— Tu le sais.

— Non.

— Si, tu le sais. Il faut qu'on apprenne à faire la part des choses, Lex.

— Mais j'ai fait le premier vol avec toi !

La paume de sa main libre épousa la courbe de ma hanche, de l'autre il nous rapprocha. Je perçus la chaleur de son corps à travers le tissu de sa combinaison et cela réchauffa mon cœur.

Son regard se fit bienveillant.

— La manière dont tu t'es t'imposée face à l'escadron était un peu caricaturale tout à l'heure, mais tu as tout compris. Tu vas leur montrer ce que tu vaux. Et tu vas leur offrir ce qu'ils veulent. Ce sont eux qui te donneront tes ailes, pas moi. Je te l'ai dit la première fois, laisse tout sur la terre ferme. Surtout ce qui se passe entre nous en ce moment.

— Ce n'est pas facile, tout a commencé en même temps...

— Je sais, mais j'ai confiance en toi, plus qu'en n'importe qui.

Ses paroles gonflèrent encore mon cœur d'assurance. Son front vint à la rencontre du mien, je posai ma main sur son épaule.

— Je déteste que tu aies raison...

Ses lèvres s'incurvèrent en un sourire insolent.

— Je sais, Snow.

Il m'embrassa avec violence. Sa langue se précipita contre la mienne et nos lèvres bougèrent avec fureur. Cela ne dura pas assez longtemps à mon goût, car il recula, le souffle court, les prunelles polaires étincelantes.

— Des questions, lieutenant ? demanda-t-il, en tentant de se maîtriser.

— Est-ce qu'on retournera là-bas, un jour ? Je n'ai pas eu le temps d'essayer la baignoire, minaudai-je en triturant le zip de sa combinaison.

— Qui sait ? La vie est pleine de surprises !

Tout le monde jouait au même jeu ce matin-là...

— Allez, on y va. Avant que quelqu'un nous surprenne.

— À vos ordres, *capitaine.*

Il sourit avec malice, avant de se diriger vers l'arrière du véhicule. Je m'engageai dans la direction opposée. Nous nous retournâmes en même temps, une dernière fois, avant de revenir dans la lumière, auprès de nos hommes. Andreas m'adressa un sourire éblouissant avant de mettre ses lunettes et de s'éloigner.

Le transfert jusqu'à la base de Pearl Harbor-Hickam fut rapide. Je voyageais au côté de Peyton et de Sailor *Snoop* Castelvani, l'homme qui n'avait pas manqué de résumer mon discours lors du briefing… Nous échangeâmes quelques mots sur un ton très formel. J'étais bel et bien attendue au tournant ; cela contribua à faire monter la pression d'un cran.

Nous saluâmes ceux qui guettaient notre arrivée à l'entrée d'un bâtiment, tout près des pistes. Le capitaine Mark Lawrence commandait l'escadron hawaïen ; un Afro-Américain, presque aussi grand que moi, qui inspirait autant de crainte que de respect à ses hommes. Ces derniers se mouvaient en permanence dans son sillage, comme ils devaient sans doute le faire dans le ciel.

Deux mécaniciens terminaient de préparer un des F/A-18 Hornet, stationnés tout au bout de la rangée. Andreas fit glisser ses lunettes dans sa tignasse dorée et cligna des yeux dans ma direction pour me donner confirmation de ce que je pensais.

Impassible, je contemplai l'aéronef qui m'enverrait à huit mille pieds moins d'une heure plus tard. Le sang battait à mes tempes, mes doigts se tordaient, emprisonnés dans mes poings serrés.

— Capitaine O'Connell, voici le lieutenant junior Snow, nous interrompit Drake en me présentant à celle qui venait de nous rejoindre.

Elle portait le même type de combinaison que nous et balançait nonchalamment un casque au bout de son bras. C'était une pilote, elle aussi. Grande, très mince, ses cheveux attachés en chignon serré, brillaient d'un bel éclat roux.

Ses lèvres rouge carmin s'étirèrent lorsqu'elle me serra la main.

— Le *Percival* a enfin recruté une femme pour mater ses dragons ! Il va neiger sur Hawaï !

— Et ces messieurs ont encore dû mal à s'en remettre… Mais ils s'y feront. De toute façon, ils n'ont pas le choix ! répondis-je, ravie de découvrir que j'allais être soutenue.

— *On* ne nous a pas laissé le choix ! intervint Drake en riant.

Elle l'ignora superbement et reprit pour moi :

— Je suis Niamh, *Roxie.*

— Alexi. *Miss Météo.*

— Original ! Tout ça va doper le coup de pub de l'état-major !

— O'Connell ! la réprimanda son supérieur derrière elle.

— Tout le monde est au courant ? constatai-je, navrée.

Elle se rapprocha pour nous isoler des oreilles indiscrètes.

— Bien sûr ! Beaucoup ont rêvé d'intégrer l'opération.

Zora Weet en tête.

— Si elles savaient en plus avec quel spécimen tu t'entraînes… finit-elle en dévorant Andreas du regard.

À moi.

— Il est gay, répondis-je.

— À d'autres, Miss Météo !

— Il est marié, tentai-je à nouveau.

— Ce sont des choses qui arrivent ! Je le travaillerai au corps quand même.

Au *quoi* ?

Elle pointa son doigt vers le ciel.

— Là-haut. Il paraît que c'est un as. J'attends de voir…

Je respirai mieux.

— Voilà pourquoi on ne recrute pas davantage dans vos rangs ! s'exclama l'homme qui venait de nous rejoindre.

Il avait la même chevelure de feu que ma nouvelle « amie ». À en juger par sa tenue composée d'une chemisette blanche et d'un pantalon noir, il ne faisait pas partie de l'escadron.

— Lieutenant Alexi Snow, capitaine Ronan O'Connell, nous présenta-t-elle. C'est mon frère.

Je n'en aurais pas douté…

Bien qu'elle soit déjà très grande, il la dépassait d'une tête et devait être un peu plus âgé.

— Deux femmes se rencontrent et la guerre peut bien attendre, continua-t-il, aussi sarcastique.

Comme si je n'avais pas eu assez de Sachs ce matin…

Le sourire que je lui offris fut un peu crispé.

— Lieutenant Snow, le capitaine Drake vous attend à l'intérieur avec le mécanicien, annonça Andreas qui nous avait rejoints.

Il faillit m'agripper par le bras, avant de se rétracter au dernier moment.

Sauvée ! J'allais éviter de repasser par la case : *la mienne est plus grosse que…*

— Il est autoritaire… souffla Niamh. Bonne chance, Miss Météo ! Si tu n'en as pas assez avec le Hornet, on a de quoi faire ici !

Le sourire en coin de mon supérieur ne m'échappa pas, et c'est l'esprit plus détendu que je me dirigeai vers les hommes qui m'attendaient.

J'effectuai un tour de reconnaissance de la zone extérieure en compagnie de Drake, avant de gravir l'échelle du chasseur, et de me glisser avec fébrilité dans le cockpit. Il me suivit de près et s'installa derrière moi.

Andreas se tenait à côté des autres appareils prêts à s'envoler. Il fermait le col de sa combinaison, lorsqu'il releva la tête. Nos regards se croisèrent. J'étais trop loin pour saisir les nuances de ses yeux si expressifs. Sachant qu'il croyait en moi, je me plus à penser qu'elles étaient férocement encourageantes.

Je te l'ai dit la première fois, laisse tout sur la terre ferme. Surtout ce qui se passe entre nous en ce moment.

J'avais foi en lui, c'est pourquoi je fermai mon esprit au monde extérieur et me laissai emporter par les turbulences.

— À toi de jouer, Lex, me lança Drake. Aujourd'hui, notre indicatif sera Newbie pour la tour de contrôle.

Je commençais la check-list de démarrage : commandes, instruments, intercom, radio…

— Hickam sol de Newbie, bonjour, lançai-je sur la fréquence sol.

— Bonjour Newbie, me répondit le contrôleur.

— Newbie, un Hornet au parking demande autorisation d'allumage.

— Newbie, autorisé allumage, rappelez prêt à rouler.

— Autorisé allumage, je rappelle prêt à rouler, poursuivis-je en procédant à l'allumage des réacteurs.

J'hésitai une seconde au moment d'appuyer sur le bouton d'allumage du réacteur gauche. Je me morigénai et n'hésitai plus lorsqu'il s'agit de celui de droite.

— Très bien, Miss Météo, m'encouragea Drake avant de poursuivre pour la tour. Newbie, prêt à rouler.

— Newbie, un décollage 22 droite vous convient-il ? demanda le contrôleur.

— Affirmatif, Newbie, répondit Drake.

— Newbie, roulez jusqu'au point d'arrêt 22 droite via Victor et Alpha, rappelez point d'arrêt.

Relâchant doucement les freins, je lançai les quinze tonnes de métal de mon appareil sur le taxiway. Nous fûmes bientôt autorisés à nous aligner.

— Newbie, paré au décollage.

Nous y étions.

— Newbie, autorisé décollage piste 22 droite puis direct Alana.

Mes doigts fourmillaient sous le tissu des gants. Le casque pesait une tonne sur ma tête. Ma cage thoracique devenait trop étroite pour contenir mon cœur qui menaçait d'exploser. Malgré ça, je vibrai d'excitation en réalisant que j'étais sur le point de nous envoyer en l'air aux commandes de ce monstre.

— Allez, Snow ! Envoie la sauce ! lança Drake.

J'expirai calmement, une dernière fois, clignai des yeux, et poussai les gaz à fond.

Le départ fut encore plus impressionnant que ce à quoi je m'attendais. Je fus écrasée au fond du siège et ne vis plus que la piste devant moi.

Snow, fais-nous peur...

Trois... Deux...

Je tirai sur le manche et nous décollâmes dans un rugissement infernal. Le Hornet déploya toute sa puissance et je ne le bridai pas. Mon cœur cognait très fort dans ma poitrine. Je ne m'étais jamais sentie aussi vivante, au point d'en vouloir davantage. J'augmentai encore les gaz pour monter plus vite, plus haut.

Quand nous atteignîmes trois mille pieds, je redressai mon nouveau copain et fis tomber un peu notre vitesse.

— Newbie, réduisez immédiatement à deux cents nœuds, virage à gauche Cap 180 ! hurla le contrôleur, paniqué.

Grisée par la puissance de mon appareil, je n'avais plus songé au trafic des vols commerciaux qui utilisaient les mêmes infrastructures que nous. Réduisant la vitesse, je me dirigeai vers la zone où j'allais pouvoir faire mes preuves.

— Chapeau, Miss Météo… intervint Drake. Cela augure le meilleur pour la suite. Ne lâche rien ! Épargne juste la vie du type de la tour. J'ai cru qu'il allait nous claquer entre les doigts !

Je souris en songeant déjà à ce qui nous attendait par-delà la grappe de nuages que nous transpercions.

Dès que nous arrivâmes dans la cour de récréation, je tirai violemment sur le manche en poussant les gaz à fond. L'avion monta aussitôt en flèche. J'avais eu la main lourde et rien ne put empêcher le décrochage. L'appareil partit en vrille et dégringola comme une pierre. Drake s'en réjouit tandis que je reprenais le contrôle.

— Tu passes sur le dos ?

Maintenant ? Merde…

— Tu es shootée à l'adrénaline. C'est le moment !

— Miss Météo, ici contrôle exercice. Ice au décollage, annonça la tour de contrôle sur la fréquence militaire.

J'amorçai un virage serré en ralentissant un peu, pour prendre le temps de calmer ma respiration.

— Tu es en train de t'endormir, Miss Météo ?

Andreas.

La pause n'avait pas duré longtemps...

— Je suis juste derrière toi, Lex.

— Pour changer...

Drake se racla la gorge mais je n'en eus cure...

— Je passe sur vous.

Son Hornet nous fit de l'ombre lorsqu'il nous dépassa, avant de plonger en vrille.

Je n'écoutai que mon courage – et mon orgueil ! – et l'imitai.

La pression exercée par la vitesse et la chute des avions comprimaient mes épaules et mon dos, mais l'ivresse provoquée par la violence et les sensations de l'exercice supplantaient tous ces désagréments.

Andreas n'en finissait plus de tourner. Lorsqu'il cabra enfin son avion pour le redresser, je m'autorisai à respirer plus régulièrement. Nous nous dirigeâmes vers le grand large. Le soleil était haut dans le ciel, la lumière éblouissante. Les moteurs de nos monstres, soumis à rude épreuve, ronronnèrent presque de soulagement.

— Stimpy, décollage.

— Roxie, décollage.

Les autres arrivaient. La fête était presque finie.

Sans dévier de sa trajectoire, le Hornet bascula vers la droite et passa sur le dos.

— Et maintenant, Miss Météo ? lança Andreas.

Je le dépassai et, dans ce moment de quiétude inespérée, je virai tout à gauche. Lorsque la ligne d'horizon s'inversa, je maintins l'axe, serrai tous les muscles de mon ventre, et poussai les gaz pour monter plus haut.

— Putain, Snow ! Je savais que tu avais ça en toi ! s'esclaffa Drake.

Moi, je le découvrais !

— Miss Météo, on se concentre ! annonça Andreas, plus enjoué qu'il n'aurait dû l'être. On passe en formation diamant. Altitude 5 000, Cap 360, Vitesse trois cents nœuds. Miss Météo, tu attends mon top.

Je ralentis et laissai les cinq Hornet prendre leur place dans le sillage de notre leader.

Je frétillai d'impatience à l'idée de les rejoindre, enfin.

— Ça va le faire ! m'encouragea Drake une dernière fois.

Je n'en doutais plus !

— Top, Miss Météo !

Je me rapprochai avec lenteur et précaution. Étagement, séparation, écartement. Les mots tournaient en boucle dans mon esprit.

— Très bien, me rassura Drake. On est en position.

— Pour un virage à droite au cap 090, même altitude, même vitesse. Top !

Le regard fixé sur l'aile de l'avion qui me précédait, je suivis le mouvement en souplesse.

— Parfait ! s'extasia mon copilote.

Qu'est-ce que je disais !

— Pour le même virage à gauche, top ! continua Andreas sans me laisser de répit.

Les yeux me piquaient à mesure que nous enchaînions montées et descentes. Concentrée à l'extrême, je ne sentis pas la fatigue me gagner tout de suite. Ce fut une sensation insidieuse, une impression de perdre en perception tout en ayant une conscience aiguë des limites de mon corps physique.

— À tous, Break. Retour à Hickam en solo. Miss Météo numéro six.

Le capitaine Van Allen avait mis fin à l'exercice.

— Déjà ? soufflai-je, presque déçue.

— J'en prends note, Miss Météo, répondit mon supérieur, amusé.

Le bas de mon corps n'était pas du même avis. Il me semblait que mes jambes et mes pieds avaient doublé de volume.

Comme une dernière facétie à son image, Andreas me dépassa avant de piquer en direction des flots. Je l'imaginai sans peine aussi radieux que lors de notre escapade en Piper.

Je parvins à ne pas – trop – m'attendrir et repris le contrôle des opérations. Après avoir décollé avec fracas, mon avion devait atterrir.

— Newbie, un Hornet en provenance du secteur PHW-193, 3 000 pieds, pour une approche VFR sur vos installations.

— Newbie, reportez-vous milieu de vent arrière main gauche pour la 26 Gauche. Vous êtes numéro trois derrière un 747 en longue finale IFR et un Hornet même route que vous, nous répondit la tour.

— Miss Météo, je ne te demande même pas si tu veux que je te guide…

Drake s'était fait plutôt discret durant le vol, tout en restant aussi indulgent et encourageant que d'ordinaire. Andreas n'aurait jamais été aussi patient, et il le savait.

— Je pense pouvoir gérer ça, Teddy Bear !

— Arrête avec ce surnom débile…

Mon arrivée sur la piste fut nette et précise, et mon succès auprès de ceux qui m'attendaient à la hauteur de ma prestation.

Je mis pied à terre fourbue et vacillante, mais je leur souris à m'en décrocher la mâchoire. Timothy Peyton, qui venait d'enlever son casque, m'adressa un signe de la main, tandis qu'Egor Sachs, au pied de son appareil, secouait la tête. J'attendais de voir comment ils me traiteraient après ça.

Je levai la tête lorsqu'un des chasseurs fit un piqué vers la piste avant de redresser son nez pour repartir dans le ciel. Les contrôleurs civils allaient finir par nous étriper ! Je sus instinctivement qui venait de saluer ma performance.

Drake me rejoignit. Mon esprit tournait au ralenti, je frissonnai. Des nuées de picotements déferlèrent dans mes membres. Je fus soudain au bord d'un gouffre qui menaçait de m'avaler.

— Alexi, ça va ?

Je souris, fis quelques pas.

— Je... Je ne crois pas...

Il dit encore quelque chose que je ne compris pas.

Le sol se rapprocha dangereusement. Puis les bras de Drake. Puis plus rien.

CHAPITRE 11

Ce plafond et ces murs blancs. Ce lit surélevé, mais surtout, cette perfusion reliée aux veines de mon bras gauche.

Je repris conscience à l'infirmerie. Une configuration inédite pour un réveil plutôt désagréable.

Je soulevai le drap blanc posé sur mes cuisses et constatai qu'on m'avait déshabillée. Je n'étais plus qu'en culotte, débardeur et soutien-gorge. Les jambes de ma combinaison couleur sable posée sur un chariot en inox au milieu de la pièce touchaient le sol. Je clignai des yeux pour supporter la lumière, pourtant tamisée par d'épais stores sur les fenêtres, et me souvins des derniers évènements. La voltige, l'atterrissage musclé, puis la chute.

Les émotions que j'avais éprouvées se bousculaient au portillon. L'euphorie à cinq mille pieds d'altitude lorsque j'avais enchaîné toutes les figures qu'on m'avait imposées, puis le triomphe de mon cœur quand Andreas et moi avions volé, côte à côte, quelques minutes sur l'océan. Enfin, l'immense joie, sur le tarmac, en réalisant que j'étais arrivée au bout de ce que j'avais entrepris des années auparavant. À présent, tout commençait, mais la boucle était bouclée.

Ivre d'allégresse malgré la situation dans laquelle je me trouvais, j'entendis à peine la porte s'ouvrir.

— Lieutenant Snow, content de vous revoir parmi nous.

Le frère de la pilote que j'avais rencontrée sur le tarmac se tenait dans l'encadrement. Il portait une blouse blanche et un stéthoscope autour du cou. Surprise, je tentai de me redresser, il avança pour me prêter main-forte.

— Ménagez-vous un peu, lieutenant, me gronda-t-il comme si j'étais une enfant.

Des mèches de cheveux roux tombèrent sur son front comme il se pencha pour attraper mon coude. Le docteur O'Connell était très séduisant, dans le genre grand gaillard échevelé, mais personne n'arrivait à la hauteur de mon supérieur.

Il enroula la bande scratchée de son tensiomètre autour de mon bras. Je frissonnai lorsqu'il posa le pavillon froid sur ma peau.

— Alors c'est vous le toubib ? Je me disais aussi, tout à l'heure, que vous deviez quand même servir à quelque chose.

Il sourit, les yeux rivés sur le cadran pendant que le bracelet gonflait autour de mon bras.

— Je l'ai bien cherché.

— Ne vous en faites pas, j'ai essuyé pire ce matin.

— Ne parlez plus, m'ordonna-t-il aussitôt.

Je contemplai le mur blanc en me demandant combien d'heures s'étaient écoulées depuis la fin de l'entraînement.

— Dix deux, annonça-t-il en tirant sur le scratch. C'est mieux, mais pas encore suffisant pour repartir.

— Qu'est-ce qui m'est arrivé ? demandai-je en touchant la tubulure de la perfusion.

Il fit le tour du lit pour accéder à la poche suspendue à la patère.

— Vos pirouettes ont mis votre corps à rude épreuve. Vous en avez un peu trop fait pour une première sur ce type d'appareil. Mais vous avez remarquablement bien tenu le choc jusqu'à l'atterrissage. La pression est redescendue trop rapidement, le relâchement psychique et l'effet des G durant le vol ont eu raison de vos forces et de votre volonté.

Je ne dis rien et l'observai réduire le débit du liquide qu'on m'injectait.

— Pour vous réhydrater un peu, expliqua-t-il. On vous a fait respirer de l'oxygène aussi.

S'ils n'avaient pas eu recours au Valium, c'est que cela ne devait pas être trop méchant.

— Le docteur Donovan vient de me faxer votre dossier. Je n'ai rien relevé d'anormal, du moins pas en relation avec votre malaise. Vous n'avez rien d'autre à me signaler ?

Comme l'abus d'un délicieux vin blanc, la veille au soir, par exemple ? Ou encore, une baise d'anthologie à quatre heures du matin ?

— Non, mentis-je, un peu honteuse.

— Je ferai quand même pratiquer une prise de sang. Vous ne redécollerez pas avant que j'aie transmis les résultats à April Donovan.

Je le dévisageai, mécontente. O'Connell s'approcha à nouveau et souleva légèrement le drap.

— Je peux ?

— Capitaine, je me sens très bien.

Il ignora mes protestations et palpa d'abord mes chevilles, avec rapidité et vigueur, puis mes mollets et mes cuisses. Je fronçai les sourcils lorsqu'il insista particulièrement sur ma jambe gauche.

— C'est encore un peu gonflé, expliqua-t-il pour me rassurer. Vous allez devoir vous endurcir physiquement, lieutenant Snow. Cinquante et un kilos pour un mètre soixante-sept, cela vous offre l'avantage de mieux résister aux accélérations que vos homologues masculins, mais vous n'êtes pas assez endurante à long terme. Vous avez entendu parler des manœuvres correctives, je suppose…

— Bien sûr. J'ai mis la technique en pratique quand les G ont commencé à s'affoler.

Ma réponse le fit encore sourire.

— De la voltige ? Pour votre baptême du feu ? Voyez-vous ça ! Je suis heureux de constater que le cobaye de l'état-major est déjà une tête brûlée. J'avais pensé qu'on avait désigné un élément plus docile. Vous êtes finalement de la même trempe que vos ailiers. C'est… bien.

Il avait hésité, j'en fus bien consciente.

O'Connell replaça le drap sur mes jambes puis m'interrogea du regard pour procéder à la suite de l'examen. Je le lui autorisai en soulevant mon débardeur.

— Comment vont vos tympans ?

Je serrai la mâchoire deux fois avant de pouvoir lui répondre.

— Rien à signaler.

Il hocha la tête et continua son examen avec le même professionnalisme, les yeux rivés sur les parties de mon corps qu'il inspectait.

— Le bas-ventre n'a pas souffert. L'estomac, non plus. C'est un bon point pour envisager une suite à vos exploits.

Cela devenait désagréable. Je réprimai un premier haut-le-cœur et me redressai aussitôt.

— Allongez-vous, lieutenant ! Je vous ai dit de vous ménager, tout à l'heure.

J'obéis, sans me faire prier cette fois, et fixai le plafond immaculé en expirant doucement.

Il glissa sa main plus haut sous mon débardeur et apposa son stéthoscope sur mon cœur.

C'est à ce moment-là qu'on frappa à la porte. O'Connell ne répondit pas. Il déplaça le pavillon sur ma peau, concentré et attentif.

Notre visiteur se fit plus insistant en renouvelant sa demande et n'attendit pas longtemps avant de se donner l'autorisation de pénétrer dans la pièce.

Andreas Van Allen apparut sur le seuil de la porte. Sa combinaison sable ouverte sur sa gorge, ses cheveux plus en bataille que jamais. Mon cœur eut un raté.

En découvrant la scène, il ouvrit d'abord la bouche, sans qu'aucun son n'en sorte. Ronan O'Connell ne lui laissa pas le temps d'intervenir.

— Capitaine, vous n'avez rien à faire ici ! Je vous ai dit, à vous et aux autres, d'attendre dans le hall ! Le lieutenant Snow a besoin de repos.

Andreas sembla hésiter. Il passa une main dans sa tignasse, puis se contenta d'acquiescer, à court de mots.

Une première !

La porte claqua derrière lui.

— Penchez-vous en avant, ordonna le médecin, redevenu plus courtois.

O'Connell avait parlé des autres ? Van Allen, Drake, et qui encore ?

Je m'exécutai en souriant, peinant à cacher ma joie. Mon cœur tambourinait dans ma poitrine.

— C'est lui que vous vouliez impressionner ?

Le ton sur lequel il m'avait posé sa question était lourd de reproches.

— Lui, et tous les autres, répondis-je avec diplomatie.

O'Connell secoua la tête d'un air entendu. Nous ne l'avions pas dupé longtemps.

— Redressez-vous, commanda-t-il en sortant une petite lampe de la poche de sa blouse.

Il examina mes yeux en silence. Les siens, couleur noisette, s'étaient faits inquisiteurs.

— Pas de dommages aux vaisseaux capillaires.

— Je vous ai dit que tout allait bien…

Il hocha la tête, l'air entendu, avant de m'aider à m'installer sur le lit en position semi-assise.

— J'ai terminé, lieutenant. Je vous suggère de vous reposer. Je passerai dans une demi-heure pour reprendre votre tension.

Il rangea sa petite lampe puis releva la tête.

— Et vérifier votre pouls quelque peu affolé tout à l'heure, asséna-t-il âprement. Si vous vous tenez bien, je ne verrai pas d'objection à vous autoriser à sortir pour le déjeuner.

O'Connell n'était pas né de la dernière pluie…

— Merci, capitaine.

— Prenez soin de vous, lieutenant. Vous êtes coriace, mais vous avez des limites. Et je ne parle pas seulement de celles de votre corps…

— Je saurai m'en souvenir, capitaine… répondis-je en abandonnant ma tête sur le drap amidonné.

Je quittai l'infirmerie vers treize heures. Le hall d'entrée, inondé de soleil, était désert. La température, élevée à l'extérieur, contrastait désagréablement avec l'air rafraîchi par la climatisation du bâtiment.

Je frottai le pansement sur mon bras et grimaçai. L'infirmière qui m'avait débarrassée de la perfusion après avoir prélevé quelques tubes d'hémoglobine n'y était pas allée de main morte. Elle m'avait observée d'un air condescendant lorsque j'avais osé lui demander où se trouvaient les hommes du *Percival Lowell* à cette heure. On me disait pistonnée. Désormais, tout le monde savait que certains membres de l'escadron m'accordaient plus d'importance qu'ils ne l'auraient dû.

— Lieutenant Snow !

Un homme me salua avec respect avant de me délivrer son message.

— Vos ailiers déjeunent au mess, lieutenant. Permettez que je vous y conduise ?

Mes *ailiers*…

J'acceptai avec soulagement, certaine de tourner en rond jusqu'à la tombée de la nuit si j'avais dû m'y rendre seule.

Nous marchâmes en silence durant quelques minutes, croisant et saluant une dizaine d'hommes sur le chemin. Ma tenue aidant, tous savaient que j'appartenais à l'escadron du *Percival*. Et tous savaient certainement aussi que j'étais *la* fille qui s'était écroulée après l'atterrissage de son avion. Peu importe ! J'avais assuré et je n'allais pas me priver de jouir de mon succès.

Dans le bâtiment dédié à la restauration, nous empruntâmes un couloir qui nous mena jusqu'à la petite salle de repas réservée aux officiers. Les membres de nos deux escadrons étaient attablés et échangeaient joyeusement dans un brouhaha assourdissant.

— La voilà !

Mon sang se figea et j'attendis avec angoisse leur verdict.

À ma grande surprise, ce fut Egor Sachs qui m'invita à les rejoindre, encouragé aussitôt par la clameur des Dragons.

— Tu es encore toute blanche, Miss Météo. Viens manger !

Je rougis en parcourant les quelques mètres qui me séparaient de la chaise qu'on avait tirée pour moi.

Je rencontrai les yeux perçants d'Andreas. Il resta impassible, manifestement contrarié par mon arrivée. Cela n'augurait rien de bon.

Niamh était assise près de lui. Elle plaisantait avec Drake qui m'adressa un *ça va* silencieux lorsqu'il m'aperçut. J'y répondis par un hochement de tête rassurant.

— C'est vrai que tu es encore un peu pâle, déclara Timothy Peyton tandis que je prenais place en face de lui.

J'allais leur en donner pour leur argent…

— Quand est-ce qu'on recommence ? crânai-je en saisissant la bouteille de jus d'orange pour m'en servir un verre. Et surtout, quand est-ce qu'on fête ça ?

— Ce n'est pas à l'ordre du jour, lieutenant Snow, intervint Andreas sur un ton agressif. Il n'est pas prévu non plus que vous recommenciez de sitôt.

— C'est vrai ? m'interrogea Castelvani.

— Ça ne durera pas très longtemps, les rassurai-je en ignorant Andreas.

— Et moi, je vous assure que vous resterez clouée au sol jusqu'à nouvel ordre.

— Le médecin a dit que…

— Je me fous de ce que ce putain de toubib a dit ! s'emporta-t-il brusquement.

Le silence se fit autour de la table. Les autres officiers qui déjeunaient derrière nous se turent à leur tour.

— Vous ne fêterez rien du tout tant que vous serez dans cet état, continua-t-il sur le même ton.

— Je vais bien !

— C'est le lieutenant Donovan qui nous le dira, ce soir.

L'intervention de Ronan O'Connell avait provoqué sa colère. Et quoi d'autre ?

— Vous ferez ce qu'on vous ordonne, lieutenant Snow. Fin de la discussion.

Le ton de sa voix n'appelait aucune réponse. Du moins pas en public.

— Vous me parliez des projets d'extension du hangar ? s'adressa-t-il à son voisin encore décontenancé par la violence de son intervention.

Les conversations reprirent aussitôt, et je serrai les poings sous la table pour contenir ma colère. Ma déception, aussi. De quel droit s'était-il permis de revenir à ce genre d'échanges après tout ce que nous avions partagé ?

Si j'avais eu quinze ans, j'aurais fondu en larmes. Mais j'étais désormais une adulte responsable qui avait accepté d'entretenir une liaison destructrice avec cet homme. Je ravalai ma peine et ma rancœur, gardai la tête haute et tins la barre devant les autres, en levant les yeux au ciel pour exprimer mon désaccord.

— Il est très con, quand il veut… chuchota Peyton.

Je n'aurais pas dit mieux.

Le calvaire dura encore une heure. Une heure durant laquelle nous nous jetâmes des regards assassins.

Lorsque nos hôtes commencèrent à quitter les lieux, je me ruai dehors en leur compagnie en ruminant encore cet énième changement d'humeur dont j'avais fait les frais.

Niamh m'attendait quelques mètres plus loin. Elle terminait de défaire l'emballage transparent de son paquet de cigarettes neuf. Je dus le reluquer de manière insistante pour qu'elle le tende vers moi.

— Tu es sûre que c'est prudent après ce qui t'est arrivé ?

— Ne t'y mets pas toi aussi… grommelai-je. Ton frère n'en a pas parlé. Je me fous de savoir si c'est par omission ou… autre chose… Je fume. Point barre.

Sur ces belles paroles, j'allumai ma cigarette et lui rendis son paquet.

— Merci, dis-je en tirant une énorme taffe.

Elle m'imita et m'invita à marcher avec elle. Quelques groupes d'hommes nous dépassèrent, dont ceux de l'escadron. Puis ce fut au tour de Lawrence et de Van Allen. Niamh O'Connell dut me voir tiquer lorsque ce dernier frôla mon bras et crut bon de saisir l'opportunité d'engager la conversation.

— Je ne t'apprends rien en te disant que vous jouez avec le feu.

— Je ne vois pas de quoi tu parles.

— Oh, pas à moi ! Tu sais ce qu'il a fait quand il a atterri ?

— Ça ne m'intéresse pas.

J'étais une putain de menteuse.

— Il s'est contenu, puis quand il a passé le seuil de l'infirmerie, il a hurlé sur Drake en lui demandant pourquoi il ne l'avait pas prévenu avant.

Cela me réconforta sans pour autant calmer mes nerfs. Je frémis quand même en imaginant quel spectacle il avait offert aux autres.

— Tout le monde a assisté à…

— Non, me coupa-t-elle. C'est mon frère qui me l'a rapporté. Van Allen s'est comporté comme un connard pour contrebalancer cet excès. Enfin, j'imagine…

Je le pensais aussi désormais.

— Bien… murmurai-je avant de tirer frénétiquement sur ma cigarette.

Niamh était décidée à ne pas lâcher le morceau.

— J'ignore ce qui se passe entre vous. Mais de mon point de vue de professionnelle, j'ai vu un leader incapable de se maîtriser. Dans ce boulot, c'est grave. Très grave, et tu le sais.

Lui aussi, certainement. C'était sans doute pour cette raison qu'il s'était mis en colère.

— Ça ne durera pas. Je ne vais pas séjourner longtemps sur le *Percival*…

Cette vérité, énoncée à haute voix, me blessa profondément. Ce n'était pas la première fois que je songeais à mon départ, mais les moments de grâce puis ces nouveaux heurts avaient amplifié mes craintes et mon angoisse de devoir un jour quitter le navire. Et le quitter, lui. Car que deviendrions-nous sortis de ce monstre gigantesque ? Particulièrement si Andreas persistait à se punir en restant marié à Darlene.

— J'espère que vous trouverez une solution.

Je chercherai de mon côté, jour et nuit.

Niamh me jeta un coup d'œil, puis sourit malicieusement.

— S'il fait aussi bien l'amour qu'il vole, cela en vaudra la peine !

Je me détendis un peu.

— C'est vrai qu'il vole plutôt bien…

Elle approuva d'un rire sonore et nous cheminâmes en direction de l'attroupement qui s'était formé devant un terrain d'entraînement. En nous rapprochant, je compris ce qui avait attiré les hommes jusqu'ici. Drake était là aussi – furieux évidemment.

— Qu'est-ce qui se passe ?

— La même chose que d'habitude, quand Zora s'entraîne avec sa meute. Regarde-les tous ! s'emporta-t-il en désignant les hommes, fascinés.

— En effet, c'est dégoûtant.

— Tu te fous de moi ?

— Un peu !

— Tu riras moins, demain, dans la salle de sport.

— La salle de sport ? m'étonnai-je.

— Le toubib estime que tu es trop fragile.

— Il a dit ça ? m'insurgeai-je.

Drake se concentra sur le spectacle qu'offraient Zora et ses hommes.

— Pas en ces termes…

— Ne commence pas !

Il capitula aussitôt.

— Il a dit que tu n'étais pas assez solide parce qu'on n'avait pas fait notre boulot correctement.

— Pas assez solide ? Il ne m'a pas présenté la situation de cette manière, tout à l'heure ! Quel connard ! Qu'il aille se faire foutre !

— C'est ce que lui a répondu Van Allen.

Lequel nous observait justement en train de discuter une dizaine de mètres plus loin, le visage fermé.

— Qu'il aille se faire foutre, lui aussi… lançai-je, encore en colère.

Drake se garda de relever mon insulte, fidèle à la promesse qu'il m'avait faite plus tôt dans la journée.

— Je ne t'ai pas encore félicitée ! se ragaillardit-il pour faire diversion.

Cela fonctionna. Du moins en profitai-je pour tenter d'oublier mes nouveaux ennuis. Je croisai les bras, l'air hautain, et lui fis signe de continuer.

— Ce n'est pas encore officiel, et je ne laisserai pas Van Allen me devancer ! précisa-t-il pour me faire languir.

Compte tenu de son humeur, cela ne risquait pas…

Il posa ses grandes mains sur mes épaules et m'adressa un sourire éclatant.

— Bienvenue dans nos rangs, Miss Météo !

Niamh me rejoignit.

— Il te les faut tous, Snow… chuchota-t-elle à mon oreille.

Non. Je ne revendiquais que le cœur du plus caractériel et du plus insaisissable d'entre eux.

Imperturbable, Zora avait conduit ses hommes hors de notre vue et ses groupies s'étaient dispersées. Nous repartîmes tous ensemble vers les pistes, où nous attendaient le capitaine Lawrence. Nous fûmes invités à visiter leurs installations, dont le hangar principal qui abritait les chasseurs en maintenance. Chacun arpentait les lieux à sa guise, se rapprochant des appareils, discutant avec les mécaniciens ou les pilotes. Assommée par la fatigue, j'errai d'un endroit à un autre, en priant pour que notre supérieur lève le camp rapidement et nous permette de regagner le *Percival.*

— Snow ! entendis-je comme je marchais à pas lents et lourds derrière les autres.

Je clignai des yeux pour reprendre mes esprits.

— Lex ! reprit Andreas plus discrètement.

Je me retournai et l'aperçus dissimulé derrière un container, l'air renfrogné.

Je l'ignorai et poursuivis mon chemin, mais il avança pour saisir violemment mon poignet et me tira dans l'ombre avec lui.

— Fous-moi la paix, à la fin !

— Il faut que je te parle, dit-il, l'air grave.

— Ce n'est pas le moment ni l'endroit ! D'ailleurs, je n'envisage même pas de t'adresser la parole avant un million d'années !

Ma dernière tirade – des plus puériles – réussit à lui décrocher un quart de sourire. Mais il se reprit aussitôt et continua plus sérieusement :

— Pas ici, bien sûr, soupira-t-il. Et venant de toi, je m'attendais à ce genre de réaction…

— Et à quoi d'autre ? Tu as vu de quelle manière tu m'as accueillie tout à l'heure ! Sur quel ton tu m'as parlé ?

— Ne commence pas, Lex… Tu sais à quel point je déteste ça !

Mon sang ne fit qu'un tour.

— Va te faire foutre, Van Allen ! J'en ai marre de ton arrogance et de tes sautes d'humeur !

Je tournai les talons. Il tenta de me retenir mais je frappai son avant-bras.

— Tu restes là ! gronda-t-il.

Ses yeux lançaient des éclairs.

— Non ! Je ne suis sous tes ordres que devant les autres ! C'est toi qui restes là ! Moi, je me tire !

Il recula, l'air brusquement sombre et résigné.

— April Donovan veut te voir en rentrant, asséna-t-il d'une voix effroyablement calme.

Bon sang, que venait-il encore d'arriver pour qu'il change d'humeur si vite ?

Je hochai la tête tandis que ma gorge se serrait. Avant de m'éloigner, le cœur encore plus lourd qu'après notre première altercation.

La logique implacable qui voulait que lorsque certains aspects de ma vie étaient au beau fixe d'autres se dégradaient se vérifiait encore. Et comme toujours, sans nuance ni modération.

Cette nouvelle altercation me fit songer avec inquiétude à ce que certains avaient pu remarquer durant la journée. Les deux jours que nous avions passés ensemble avaient transformé nos relations. Inévitablement, nos comportements avaient évolué dans le même sens. Au point de nous aveugler et de nous pousser à manquer de retenue et de discernement ?

Au moment où je passai le seuil du hangar pour pouvoir enfin prendre l'air, je fus bousculée par un homme en civil. Sans s'excuser, ni même m'accorder un regard, il reprit sa course à l'intérieur.

— Capitaine Lawrence, où est le connard qui dirige l'autre putain d'escadron ? l'entendis-je vociférer.

Il devait s'agir du contrôleur aérien, très en colère après que nous eûmes pris certaines libertés avec le ciel d'Hickam. De quoi contrarier encore plus Sa Majesté Van Allen…

Formidable.

Le chemin du retour se fit dans une ambiance bien plus morose qu'à l'aller. L'euphorie et l'excitation du départ étaient retombées comme un soufflé. Je fis route aux côtés de Sachs et Peyton et ne cherchai même pas à sauver les apparences. Je me pelotonnai sur la banquette arrière du van, un énorme casque relié à l'iPod du bleu vissé sur les oreilles, et m'enfermai dans un mutisme d'adolescente boudeuse.

Lorsque nous arrivâmes dans l'immense garage, je me dépêchai de me faufiler parmi les hommes pour rejoindre l'escalier qui menait aux ponts supérieurs et m'échappai comme une voleuse.

Il avait été question d'un débriefing en salle de réunion, en début de soirée. J'estimai avoir le temps de me reposer avant cette prochaine confrontation, et tenter de dissiper la colère de cette nouvelle déception.

Je fermai les yeux presque au moment où ma tête toucha l'oreiller, à peine une minute après avoir franchi le seuil de ma cabine.

— On demande l'héroïne du jour à l'infirmerie !

Je me relevai en sursaut et fusillai du regard l'intrus qui avait osé briser ma *presque* douce quiétude.

Il était dix-sept heures. Je ne m'étais assoupie qu'une malheureuse petite demi-heure.

April se tenait dans l'encadrement de la porte, hilare, et semblait attendre que je manifeste mon mécontentement.

— Alors comme ça, il t'arrive de travailler ? l'agressai-je en me redressant.

Je massai ma tempe gauche du bout des doigts pour soulager ma migraine.

Elle fit mine de s'offusquer.

— C'était mesquin, Snow !

— Comme c'était indélicat de venir me déranger pendant que je reprenais des forces.

Elle agita son doigt devant moi.

— J'ai des consignes très strictes, émanant de mon confrère à Hickam.

— Il a précisé qu'il fallait me réveiller en sursaut ?

— Non, adresse-toi à Van Allen pour ça !

Mon estomac fit une cabriole. Un comble sachant ce que j'avais fait subir à mon corps sans qu'il ne proteste - du moins pendant l'exercice.

— Il a insisté pour que je t'examine, maintenant.

Quelle tête de mule !

— Ici ?

Elle ramassa la sacoche qu'elle avait posée derrière elle.

— Ici.

Je soupirai, vaincue.

— Mais je vais bien.

Elle s'installa à mes côtés, puis sortit stéthoscope et tensiomètre, les grands classiques de ma journée.

— Bien sûr… se moqua-t-elle en enroulant la bande scratchée sur mon bras.

Nous ne dîmes rien en attendant le verdict de l'appareil. Lequel ne tarda pas à arriver.

— Onze sept. Effectivement, c'est mieux.

— Je peux voler demain ? demandai-je avec espoir tandis qu'elle me débarrassait de son matériel.

— Une poignée de minutes aux commandes de ce truc et tu deviens déjà comme eux ! *Pitié, ne me coupez pas les ailes, docteur !* lança-t-elle dans une imitation de son cru. Il se passe quoi là-haut ? Ils vous injectent un truc avant de décoller, c'est ça ?

Je ris avant de me souvenir de ce que m'avait expliqué l'autre médecin, plus tôt dans la journée.

— En parlant d'injection, mes analyses sont…

Elle ne me laissa pas terminer.

— Impeccables. Tu as des choses à te reprocher ?

Si peu…

Je secouai la tête, peut-être un peu trop vigoureusement. April reprit son examen. Je m'y prêtai avec docilité, songeuse.

— Comment va Jerry ?

— Je n'en sais rien, répondit-elle du tac au tac.

Je la regardai, surprise.

— On s'est engueulés l'autre soir. Je ne l'ai plus revu. Je suppose que c'est terminé.

Nerveuse, agitée, April était plus affectée qu'elle ne semblait le prétendre.

— Ah…

— Et toi, avec Van Allen ? enchaîna-t-elle pour ne pas se trahir davantage.

Je décidai de me confier. Après avoir essuyé autant de vexations durant cette journée, April serait peut-être celle qui lui redonnerait un peu d'éclat. Une journée qui semblait pourtant si prometteuse aux aurores…

— Nous avons bien avancé, mais c'est encore compliqué

— Trop diplomatique… Développe !

— Tu me promets que tu répéteras à Zora Weet tous les mots que je m'apprête à prononcer ?

Elle acquiesça en riant, avant de baisser la tête et d'esquisser une grimace.

— Nous avons baisé comme des dingues, hier soir, lançai-je pour la provoquer. Ensuite, j'ai assuré avec le Hornet, et il est redevenu ce tyran à la con, après mon malaise.

Elle sourit en glissant le pavillon de son stéthoscope sur ma poitrine.

— C'est mieux.

— Si tu le dis…

— Il t'a dans la peau, tu sais.

— Arrête ça tout de suite, protestai-je.

Je fus surprise de réagir si violemment. Elle aussi.

— C'est pourtant vrai, Lex. Il est si excessif lorsqu'il s'agit de toi. Et possessif aussi. Souviens-toi de la fois où il t'avait convoquée dans mon bureau pour le check-up avant le début du programme. Il avait tenu à te prévenir en personne de mon retard. Je ne l'ai jamais vu se comporter comme ça avec un de ses hommes.

Certes, mais lorsqu'il me rejetait de cette manière, je refusais d'imaginer que c'était parce qu'il tenait à moi.

— Les choses finissent toujours par mal tourner entre nous… répondis-je en soupirant.

Elle hocha la tête avant de se retourner pour ranger son matériel.

— Je peux voir tes yeux ?

— O'Connell a dit qu'il n'y avait rien.

— Je ne fais pas confiance à ce type. Il m'a parlé comme si j'étais débile et incompétente ! Comment est-il en vrai d'ailleurs ?

— Arrogant.

— Hum…

— Autoritaire.

Elle souleva ma paupière pour m'éblouir avec sa petite lampe.

— Décidément…

— Et pas mal aussi. Dommage…

Son sourire fut de retour. April était incorrigible.

— Ouais, dommage… conclut-elle.

— Tu veux que je parle à Jerry ?

Je la vis réfléchir et perçus presque la valse-hésitation dans son esprit.

— Fais ce que tu veux, finit-elle par trancher, résignée.

L'examen s'achevait. Je rajustai mes vêtements tandis qu'elle se levait, sa sacoche à la main.

— Je te laisse te reposer. Ménage-toi, surtout. Ils n'ont pas fini de t'en faire baver… Je commence à les connaître, ils n'ont aucune limite.

J'acquiesçai sans avoir besoin d'en avoir la preuve.

Elle ouvrit la porte et poussa un petit cri. Mon pouls s'accéléra.

— Tu as de la visite, lança-t-elle, amusée. Capitaine…

Elle s'écarta pour laisser entrer celui qui hantait, malgré moi, toutes mes pensées. Pour le meilleur, comme pour le pire.

Inutile de m'attarder au risque de me rendre encore plus amoureuse.

Quoique…

Il était vêtu d'un treillis couleur sable et d'un tee-shirt blanc moulant presque son torse et ses épaules. Je détournai finalement les yeux, non sans avoir remarqué que sa fabuleuse tignasse aux reflets dorés était encore plus en bataille qu'au matin.

— Alors ? l'entendis-je demander à April.

— Tout va bien. Je lui donne l'autorisation de décoller, dès demain.

Je me ressaisis et le toisai fièrement, considérant qu'il s'agissait de ma première victoire après notre déconvenue.

April sortit et referma la porte derrière elle.

Je ressentis de manière particulièrement aiguë – et peut-être bien pour la première fois depuis mon arrivée – à quel point ma chambre était étriquée. Confiné entre les quatre murs de ma cabine, bien moins spacieuse que celle de mon supérieur, un mélange de tension, de désir et de frustration se déployait autour de nous, et oppressait ma gorge et ma poitrine. Les yeux bleu perçant me scrutaient dangereusement.

— Tu es fière de toi, Snow ?

— Très. Tu n'aimes pas perdre, donc.

— J'ai horreur de ça, avoua-t-il en se déridant un peu.

Je me levai et il en profita pour se rapprocher. La ligne de ses épaules se détendit, les traits de son visage devinrent moins sévères.

— C'est le moment de régler nos comptes, commença-t-il en plongeant les mains dans ses poches, comme pour s'empêcher de me toucher.

Je crevais pourtant d'envie qu'il cède, aussi en colère que j'étais.

— Je t'avais dit que je ne voulais plus te voir, rétorquai-je en levant le menton.

Il soutint mon regard sans ciller.

— Je n'aime pas que tu me donnes des ordres, Lex.

— Je n'aime pas en recevoir non plus.

Il ne cacha pas son amusement et je me maudis de me liquéfier devant son sourire carnassier.

— Alors nous avons un problème, lieutenant Snow.

— Un très sérieux problème, capitaine.

Il croisa les bras sur son torse et leva un sourcil, ménageant un terrible suspense.

Je regardai le plafond en soupirant, il choisit ce moment pour fondre sur moi. Encadrant d'abord mon visage de ses deux mains, avant d'en faire glisser une dans ma chevelure.

— Putain, Lex...

Je haletai en cherchant ses lèvres. Les siennes couraient dans mon cou, puis sur ma mâchoire.

— Tu m'as collé une de ces putains de trouille... continua-t-il en se serrant plus fort contre moi.

— Ça fait deux *putains* dans la même phrase, Andreas...

Et beaucoup dans la même journée.

Il releva soudain la tête. Je clignai des yeux pour ne pas faiblir devant sa beauté crue et virile.

Mon démon du ciel, celui qui aurait mon cœur, ma peau, mes ailes, et tout le reste.

— Bienvenue chez moi, Alexi Snow, dit-il enfin d'une voix rauque et profonde.

Ensuite il m'embrassa violemment, et je me donnai le droit de vaciller entre ses bras.

CHAPITRE 12

Il ne nous fallut pas longtemps pour nous enflammer. Andreas pétrit mes fesses tandis que je labourai son dos avec mes ongles, à travers son tee-shirt.

— Pourquoi tu…

Il prit de nouveau possession de mes lèvres et je me laissai encore happer par sa fougue.

— Pourquoi quoi, Lex ?

Je reculai, le souffle court.

— Pourquoi te comportes-tu comme un connard ?

La température chuta de dix degrés. Son visage fut traversé par une ombre, juste avant qu'il ne parvienne à se ressaisir.

— C'est ce que je suis.

— Arrête avec ça, soupirai-je, lasse de l'entendre se dénigrer. Je sais tout maintenant, ne joue plus cette carte-là.

Andreas posa ses mains sur mes épaules, signant la fin des festivités. Temporairement, espérai-je.

Ses doigts se crispèrent sur mes vêtements.

— J'ai une personnalité tellement merdique, tu le sais…

— C'est ce que tu cherches à me faire croire ?

Il s'apprêta à réagir mais je devins trop en colère pour lui redonner la parole.

— C'est tout ce que tu as trouvé pour te donner de bonnes raisons de ne pas t'engager avec moi ?

— Je t'ai dit qu'on allait essayer !

Il avait raison. Mais je ne parvenais plus à m'exprimer avec sang-froid et raison. Ne s'agissait-il pas d'un engagement bancal de toute façon ?

— Ce qui vous est arrivé, à Darlene et à toi, est un malheureux concours de circonstances. Et tu t'es mis en tête que cela allait détruire le reste de ta vie !

Il fronça les sourcils.

— Lex, je…

— Est-ce que tu vas t'empêcher encore longtemps de vivre, sous prétexte que les choses ont mal tourné ? Tu vis ta carrière à fond. Tu as tellement d'ambition et d'énergie pour cette vie-là. Mais tu avances pourtant à deux vitesses.

Contre toute attente, Andreas parut amusé.

Je rougis furieusement, consciente d'avoir été un peu trop loin. J'avais longtemps refusé de devenir *l'autre* femme, celle qui espérait un lendemain et réclamait à cor et à cri plus de légitimité. Je lui ressemblais pourtant dangereusement…

— C'est une brillante analyse, docteur Snow. Combien pour la consultation ?

Je soupirai et laissai tomber mon front contre son menton. Andreas nicha ma tête dans son cou. Je respirai son odeur.

— À propos de docteur, quel est le problème avec O'Connell ?

Il se raidit aussitôt.

— Il avait ses mains sur tes seins !

Je manquai de l'assommer en me redressant

— C'est un médecin !

— Et alors ? C'est un homme, aussi ! Si tu avais vu ses yeux quand on te l'a présenté, avant le décollage ! Tu étais sa prochaine proie !

Je songeai à Drake, et à sa colère lorsque tous les hommes avaient salivé devant Zora.

— Vous êtes irrécupérables.

— Parce que tu trouves qu'expliquer à April Donovan que nous avons, je cite, « baisé comme des dingues » fait de toi un être plus délicat ?

— Tu nous as espionnées ?

— J'ai attendu que vous terminiez.

Je levai ma main.

— Tu es un bel enf…

— Embrasse-moi… ordonna-t-il en interceptant mon poignet.

Il reprit violemment ma bouche. Cela eut le mérite de calmer mes humeurs. Pas mes ardeurs.

Nous nous éloignâmes, essoufflés, à nouveau dans la course.

— Est-ce que tout ça répond à tes questions, à propos d'engagement et de je ne sais quelle autre connerie ? demanda-t-il en me regardant sérieusement.

— Ce qui se passe entre nous est une connerie ?

— Au même titre que ce que nous faisons, et particulièrement bien, d'ailleurs, en position horizontale.

— Ah, tu veux parler de ce truc…

Il m'offrit un sourire éblouissant.

— Voilà, ce truc.

— Baiser, ou l'autre chose.

— L'autre chose, confirma-t-il.

J'aimais tellement cet Andreas-là. Joueur, taquin, passionné, et pudique. Maintenant toujours ses émotions à une savante distance, d'une manière très spéciale, tout en lâchant un peu plus de lest chaque jour.

Je l'embrassai à mon tour et le monde ne tourna plus que pour nous durant quelques minutes. Nos lèvres se cherchèrent avec plus d'urgence. La tiédeur lascive se changea en une chaleur vive. Nous reculâmes précipitamment jusqu'à la couchette, avant de nous y effondrer, mêlant bras et jambes, excitation et ferveur. Je terminai allongée sur le dos tandis qu'Andreas se tenait à quatre pattes au-dessus de moi, appuyé sur ses avant-bras, son érection plaquée sur mon ventre et ses doigts dans mes cheveux.

— Ce sera tout ? chuchotai-je comme il s'attaquait à mon tee-shirt.

— Oui.

— Tu es sûr ?

— Ne me refais plus jamais une peur pareille, Lex.

— Je vais essayer…

— C'est moi qui ai merdé. On ne boira plus, et on ne s'enverra plus en l'air la veille d'un entraînement matinal.

— Dommage…

Il sourit tandis que ses mains se faufilaient sous mon tee-shirt. Il ne tarda pas à m'en débarrasser et posa sa bouche à la naissance de ma poitrine pour y aspirer ma peau frémissante.

— Andreas, il faut qu'on parle d'une chose… trouvai-je encore la force de dire.

— On a couvert l'essentiel. Plus tard…

Je n'en étais pas certaine.

Ses mains glissèrent dans mon dos pour aller dégrafer mon soutien-gorge.

— *Baiser comme des dingues*, tu étais loin du compte… Je vais te montrer.

Mon intimité se contracta douloureusement. Mais le rappel à l'ordre d'un bip strident empêcha Andreas de poursuivre son exploration, et surtout sa démonstration.

— Putain ! jura-t-il en se redressant.

Il sortit le bipeur d'une des poches plaquées contre sa cuisse.

— Mon père, soupira-t-il après y avoir jeté un coup d'œil. Il va falloir y aller.

Je fus surprise de le voir se pencher pour rattacher les crochets de mon sous-vêtement, avec précision et délicatesse. Il lécha le lobe de mon oreille au passage, avant de se remettre debout d'un bond.

J'avais rarement été aussi décontenancée. D'abord, par la fin abrupte de cet épisode sensuel, ensuite par ces gestes tendres et prévenants. Ice était de retour, avec un soupçon d'Andreas. Cela promettait encore des expériences émotionnelles inédites, et puisque l'un n'allait pas sans l'autre, des prises de tête carabinées.

— Il va assister au débriefing. Il tient à te féliciter pour ta performance.

Je me relevai à mon tour et pris le tee-shirt qu'il me tendait pour l'enfiler.

— Tu ne m'as jamais beaucoup parlé de lui.

Je remis un peu d'ordre dans mes cheveux et marchai en direction du miroir.

Mes joues étaient cramoisies, mes lèvres rouges et enflées. Un sourire idiot barrait mon visage d'une oreille à l'autre. Je n'imaginais pas à quoi j'aurais ressemblé si Andreas avait mené l'opération jusqu'à son terme.

— Ce n'est pas le moment de l'évoquer, répondit-il en approchant derrière moi. Plus tard…

Lui aussi portait les traces de notre échauffement sur son visage. Ses pommettes s'étaient colorées d'une teinte rose adorable, ses cheveux étaient plus en bataille que jamais.

Ses yeux perçants s'attardèrent sur mes fesses, avant de scruter intensément mon image dans la glace.

— Tu es prête ?

J'acquiesçai en silence en admirant notre reflet. Avec ses mains posées sur mes épaules, Andreas devenait très tactile, et presque attentionné. J'étais ravie de retrouver celui dont j'avais eu un aperçu, la première fois que nous avions couché ensemble ; lorsqu'il m'avait aidée à nouer le nœud de ma cravate. Désormais, il m'appartenait davantage, mon cœur se nourrirait de tout ce qu'il serait encore capable de me donner.

— À quoi dois-je m'attendre ?

— Des félicitations en bonne et due forme. Peut-être même un compliment de ton supérieur. Noyé sous un tas de remontrances, évidemment…

L'alarme retentit dans mon esprit. Je la fis taire en me promettant de parler à Andreas de ce que certains soupçonnaient à propos de nous.

Plus tard.

Je l'encourageai à poursuivre, enorgueillie par mon succès et aveuglée par mes sentiments.

— Épargne-nous cette peine et dis-moi tout ici.

— Ça ne serait pas drôle ! s'exclama-t-il en se pressant contre moi.

Je constatai avec frustration qu'il n'avait rien perdu de sa vigueur.

— Lex, qu'est-ce que tu fais ce soir ?

— Je ne sais pas encore. Tu as des idées ?

Il darda sur moi un regard charnel.

— Nous terminerons la journée comme elle a commencé.

Cela ressemblait à un ordre plutôt qu'à une proposition. Je n'allais certainement pas me rebeller, cette fois-ci.

— Dans ma cabine, continua-t-il d'une voix caressante.

Je frissonnai.

— D'accord, me contentai-je de murmurer en fixant sa bouche qui avançait vers ma carotide palpitante.

— Tu vois, quand tu veux…

Ses lèvres tièdes entrèrent en contact avec ma peau et je me laissai aller dans ses bras.

Nous avions impressionné Lawrence et ses ailiers sur leur propre territoire. Les hommes se congratulaient en applaudissant et en s'administrant des bourrades, sous mon regard entendu. Ensuite, il fut question du succès de mon premier vol. Le capitaine Van Allen évoqua à peine l'incident après l'atterrissage et me souhaita officiellement la bienvenue parmi eux.

Il ne cacha pas sa fierté en annonçant sa satisfaction de m'avoir vue maîtriser en si peu de semaines les fondamentaux du pilotage. J'avais craint d'attirer l'attention de nos ailiers sur nous mais personne ne nous observait avec méfiance.

Mes inquiétudes s'évanouirent et je m'autorisai à profiter de ce petit moment de gloire en toisant sans fausse modestie mes coéquipiers. Tous savaient néanmoins qu'on m'avait ouvert les portes sans m'en donner les clefs, car j'avais encore tellement à accomplir. Mon incorporation dans l'escadron attendrait quelques exploits de plus.

Lorsque le capitaine évoqua d'autres détails, le commandant m'adressa un sourire discret. Je lui fis un signe de tête auquel il répondit en clignant rapidement des yeux. Je l'avais rarement croisé depuis mon arrivée sur le *Percival*. Il était aussi fringant que la première fois où nous nous étions parlés dans la salle de contrôle, lorsqu'il s'était montré si courtois et attentif.

La séance touchait à sa fin. Père et fils n'avaient échangé ni regards ni sourires. Je ne manquerais pas de relancer Andreas au sujet de ce qui liait et divisait les deux hommes.

Après que nous aurons évoqué d'autres questions plus urgentes, me sermonnai-je une nouvelle fois.

Nos supérieurs nous libérèrent, en nous souhaitant une bonne soirée. La mienne s'annonçait comme le point d'orgue de cette journée mémorable et engloutirait toutes les autres frustrations.

Le programme de Drake devait relever du même registre, car il fut le premier à quitter la pièce, pour disparaître aussitôt dans le couloir.

Je ne m'attardai pas non plus, pour ne pas éveiller les soupçons, mais fis en sorte de passer très près d'Andreas qui en profita pour glisser un morceau de papier dans ma main. Je le serrai très fort dans ma paume et avançai en espérant ne pas m'être trahie.

Je m'autorisai à y jeter un œil lorsque je fus enfin seule dans le nid d'aigle, après avoir raccroché le téléphone satellite qui m'avait permis de parler à ma mère durant quelques minutes.

Au lit ! Ne t'en fais pas pour les clefs, tu es bien placée pour savoir que la porte n'est jamais fermée.

Andreas faisait plus que me demander de rester pour la nuit. Toujours à sa manière.

Hélas, au petit matin, je me réveillai seule dans la couchette du capitaine… La fatigue engendrée par les évènements de mon éprouvante journée avait eu raison de mes dernières forces. Le creux chaud dans le matelas à côté de moi et l'odeur des draps prouvaient néanmoins qu'Andreas avait fini par me rejoindre, avant de repartir aux aurores. M'avait-il contemplée dans ses bras toute la nuit, chuchoté des mots d'amour à l'oreille ?

Quelles rêveries absurdes !

Je me levai et, comme la veille, observai le décor de sa confortable chambre.

Il y avait la banquette bleue, et ses belles photos en noir en blanc. Sa tenue de cérémonie sous une housse transparente, pendue derrière la porte. Quant aux vêtements que j'avais jetés au pied du lit, ils avaient été pliés et posés sur le dossier d'une chaise. Le capitaine Van Allen : un romantique doublée d'une fée du logis ? *Absurdes...* Son obsession de ne rien laisser au hasard parasitait en tout cas son quotidien, je promis de m'en souvenir.

Enroulée dans les draps, je m'approchai de la table de travail et lus un autre message qu'il avait griffonné à mon intention.

Tu es attendue à 9 heures, en salle d'entraînement.
Pont 8, au cas où...
Pour l'autre chose, ce n'est que partie remise.
Bonne journée, Miss Météo.

Qui qu'il soit, Andreas Van Allen avait l'art de m'enflammer avec un rien.

Je n'avais plus remis les pieds dans la salle de torture depuis que Drake m'y avait présenté Zora Weet. Les muscles ruisselants des hommes qui s'entraînaient me firent presque regretter de ne pas avoir été plus assidue.

Je fus surprise d'y trouver Jerry, luttant avec détermination contre la résistance des pistons en acier d'un rameur. Il profita de mon arrivée pour couper court à son effort.

— Alexi ! s'exclama-t-il. Les félicitations s'imposent !

Je grimaçai.

— On t'a parlé de ce qui est arrivé après ?

Il hocha la tête, amusé.

— J'ai appris que Van Allen s'était donné en spectacle à l'infirmerie.

Merde ! Niamh m'avait pourtant assuré être la seule à l'avoir remarqué.

Jerry dut me voir changer de couleur et s'empressa de me rassurer.

— Drake m'en a parlé.

— Vous êtes pire que des gonzesses !

Il me fit un clin d'œil avant de tirer sur la poignée de l'appareil.

— April m'a dit que vous ne vous voyiez plus.

Nous étions capables de bavasser, nous aussi.

— Ouais… Je ne veux pas d'une histoire de cul. J'ai déjà donné une fois, j'ai payé avec les intérêts, c'est terminé, débita-t-il à toute vitesse.

— Il faudra que tu m'expliques…

— Compte là-dessus ! s'écria-t-il en accélérant la cadence.

J'observai les hommes autour de moi.

— Je dois retrouver quelqu'un à neuf heures. Je ne vois personne susceptible de pouvoir m'aider.

— On ne t'a pas donné son nom ? ânonna Jerry qui adoptait un rythme soutenu.

— Je n'ai pas reçu l'information de manière très protocolaire.

— Je vois… Et je ne veux rien savoir !

— Il n'y aucune chance pour que ça arrive.

Jerry transpirait à grosses gouttes mais ne ralentissait pas. J'étais admirative en même temps qu'inquiète, à l'idée de devoir en faire autant. Je préférais me défouler sur de longues distances, ou en visant un objectif plus concret qu'une performance chronométrée sur un engin.

Jerry fit signe en direction de l'entrée de la salle.

— Je crois savoir qui va être ton instructeur.

Je crus défaillir.

— Oh, non…

— Oh si, Snow ! répondit Zora en arrivant près de nous.

Je regardai derrière elle avec espoir, mais personne ne semblait venir à sa suite. Ni à mon secours.

— C'est seulement toi et moi, jubila-t-elle en comprenant à quel point j'étais horrifiée. Je vais te transformer en machine de guerre. Tu seras capable d'enchaîner cinquante pompes en sortant de ton cockpit.

— Tu n'as pas l'impression d'en faire des tonnes ? Ton tas de barbaque n'est pas là, aujourd'hui.

Elle se tourna vers les hommes qui s'entraînaient à sa droite et me sourit d'un air diabolique.

— Détrompe-toi, Snow. Ils sont aux premières loges et vont profiter que je ne suis pas sur leur dos, pour une fois !

Je compris que j'allais en baver. Vraiment en baver.

Et je ne me trompai pas.

Elle fut impitoyable durant l'heure qui suivit. Je suai sang et eau sur la quasi-totalité des appareils high-tech autour de nous et dus repousser mes limites en permanence. Lorsque Zora m'octroya du répit, je ne fus plus qu'une masse douloureuse d'os et de chair en fusion.

J'étais en nage. Mon pantalon de jogging collait à mes fesses et à mes cuisses. Mon débardeur blanc ne valait guère mieux et devait offrir un divertissement intéressant aux mâles postés alentour. À ce stade de déchéance, je n'en avais plus rien à faire.

C'est au moment où je crus ne pas pouvoir faire pire que Drake, Castelvani, Peyton, et surtout le capitaine Van Allen firent leur entrée dans la grande salle.

Je gémis en les voyant s'arrêter à l'autre extrémité du tapis sur lequel m'avait traînée la sorcière.

— Debout, Snow ! s'agita-t-elle, aussi fraîche qu'une rose. Je n'en ai pas fini avec toi ! On passe au combat rapproché.

Je la fixai, hébétée. Cela ne pouvait pas être vrai. Le sourire sadique qu'elle m'adressa en retour fut sans équivoque.

— Tu ferais mieux de te redresser, *ton* capitaine te regarde, me souffla-t-elle à l'oreille d'un ton suave.

Mon orgueil, particulièrement choyé la veille, en prit un sacré coup. Piquée au vif, je me relevai en serrant les dents.

— Essaie de contrer mes assauts, et de rester debout surtout ! me lança-t-elle en se mettant en position.

Elle me fit un clin d'œil avant de fondre sur moi. J'esquivai sa première attaque mais ne résistai pas à la seconde prise. Je chutai lourdement sur le tapis.

— Encore ! s'écria-t-elle en sautillant pendant que je me relevais péniblement.

J'allais tuer cette infâme pouffiasse !

Je n'attendis pas qu'elle avance et jetai toutes mes forces dans la bataille, en me concentrant sur ses jambes. Surprise, elle poussa un cri et s'effondra sur le tapis avec moi. Je me retrouvai à califourchon sur ses cuisses tandis qu'elle était allongée sur le dos.

— Cent dollars sur le lieutenant Snow !

Nous nous tournâmes en même temps vers les hommes qui s'étaient regroupés au bord du grand tapis. Je n'osais pas imaginer les scénarios qu'ils élaboraient en se délectant du spectacle. Je croisai le regard brillant d'Andreas qui n'en perdait pas une miette non plus.

Je fronçai les sourcils et le fusillai de mon œil le plus noir.

Zora en profita pour me pousser et je retombai bêtement sur les fesses.

— C'est la première et dernière fois, Snow !

Les portes de l'enfer furent en vue lorsque j'aperçus Ganipy qui s'installait aux côtés des autres. Cette fois, j'avais bel et bien touché le fond.

J'eus beau mobiliser tout ce qui me restait d'énergie et de fierté, rien n'y fit. Je terminai au tapis une dizaine de fois avant que Zora lève la séance et m'autorise à quitter la salle, sous l'œil concupiscent et moqueur de ses hommes.

Mes ailiers avaient déserté l'arène, du moins l'avais-je cru jusqu'à ce que Drake me rattrape dans le couloir.

— Miss Météo, tu montes avec moi en salle de projection.

— C'est une blague ! m'étranglai-je. Tu as vu ce que cette folle a fait ?

Il sourit de toutes ses dents.

— Ça, pour avoir vu…

— Je ne fais rien tant que je n'ai pas pris de douche ! vociférai-je.

— En fait, tu n'as pas le choix. On me demande en visioconférence dans une heure et la journée risque d'être chargée. C'est le seul moment que je peux consacrer à notre cours théorique. Il faut envisager un appontage d'ici la fin de la semaine prochaine. La même chose en solo, un peu après. Il n'y a pas de temps à perdre.

— Demain, alors !

— Demain est un autre jour, chantonna-t-il en me faisant signe d'avancer derrière lui.

— Drake, je ne plaisante pas ! le menaçai-je.

Il se retourna et m'examina plus en détail. Il était épris de cette folledingue de Zora, mais n'en restait pas moins un homme. Je surpris une lueur perverse dans ses prunelles vert mousse.

— D'accord, on passe par ta cabine pour que tu puisses récupérer des vêtements et tu prendras ta douche dans les vestiaires, après que j'en aurai fini avec toi.

Je soupirai, déçue.

— Je n'ai pas mieux à te proposer, Lex, s'excusa-t-il.

Je lui fis signe d'avancer, vaincue, et il s'exécuta promptement.

– Vous devriez refaire ce numéro. Je me ferais un paquet de fric si je...

— Ferme-la, Teddy Bear !

Je tirai mes dernières cartouches pour le suivre en conservant un soupçon de dignité.

Mon soulagement arriva une heure plus tard, au moment où l'eau chaude ruissela sur ma peau, dans la cabine de douche des vestiaires. Mon corps endolori avait crié grâce jusqu'à cet instant de détente. Tous les spas du monde n'auraient pu rivaliser avec le bien-être que me procura ce nettoyage expéditif mais salvateur.

Néanmoins la douleur de mes courbatures me rattrapa au moment où je m'enveloppai dans ma grande serviette de bain.

Dans ma hâte, je n'avais pas pensé à emporter ma brosse à cheveux. Aussi tentai-je de démêler ma tignasse brune avec mes doigts. La tâche s'avéra ardue et douloureuse.

— Lex !

Je sursautai et croisai le regard d'Andreas. Il se tenait sur le seuil du petit couloir menant à nos casiers, les bras croisés sur son torse.

— Un problème ? demanda-t-il, espiègle.

— Absolument aucun, lançai-je d'un air mauvais, en triturant un des nombreux nœuds.

— Weet a fait du bon boulot. Je ne la pensais pas aussi compétente.

— Moi, je l'ai trouvée incroyablement zélée ! Pour ne pas dire sadique ou salope…

L'enfoiré rit avant d'avancer.

— Elle va t'aider à devenir plus forte, plus endurante.

Il plongea les mains dans ses poches et fixa ma poitrine pressée sous l'éponge.

— Qu'est-ce que tu fais ici ?

— J'ai des nouvelles à t'annoncer.

Je déclarai forfait et laissai retomber la mèche de cheveux sur ma gorge. Leur pointe effleura la lisière de la serviette.

— Deux bonnes, une mauvaise, continua-t-il en l'observant.

— Une bonne pour commencer.

— Lawrence veut que nos escadrons s'affrontent en un combat aérien, demain, à Hickam.

J'écarquillai les yeux.

— Tu embarqueras avec l'un d'entre nous.

Je n'osai pas encore demander de qui je serais le copilote et songeai au formidable tour de manège dont j'allais pouvoir profiter.

— Il va falloir assurer, ils n'ont pas l'air de rigoler.

— N'aie crainte, Miss Météo. Nous avons Drake avec nous.

— Et toi, ajoutai-je.

Andreas haussa un sourcil, surpris.

— Et moi, approuva-t-il sans modestie.

— Quelle est la mauvaise nouvelle ?

— C'est mon tour de garde. Je suis le pilote de permanence, cette nuit.

Prise dans la tourmente de nos relations houleuses, j'en avais presque oublié ses nombreuses responsabilités. Cela signifiait que nous ne partagerions pas le même lit, ce soir-là. Je fus secrètement ravie de savoir que cela le contrariait.

Il s'approcha et me toucha, enfin. Ses doigts dessinèrent des arabesques sur mes épaules avant d'encercler mes bras.

— Tu avais dit deux bonnes nouvelles, articulai-je doucement, déjà éprouvée par ses manœuvres retorses.

Il crocheta le bord de la serviette avec son index en me couvant d'un regard incandescent. Il tira et le tissu en éponge tomba à mes pieds.

— J'ai verrouillé la porte du vestiaire, je dois être dans mon bureau dans un quart d'heure. Tu crois que ça suffira ?

— Non, mais on s'en contentera.

— C'est ce que j'ai pensé aussi…

Nos lèvres se heurtèrent avec violence tandis que nous nous jetions l'un sur l'autre avec précipitation.

CHAPITRE 13

Je passai la matinée du lendemain clouée aux commandes du simulateur de vol, aux côtés d'un Drake et d'un Egor Sachs rivalisant de vulgarités et d'idioties. Ils ne me ménagèrent pas durant les trois heures que dura l'exercice.

« C'est un avion de guerre, Snow, pas un deltaplane ! »

« À quoi tu joues putain ! Tu crois qu'on a que ça à faire ? »

« C'est pas le moment de se recoiffer, Miss Météo ! »

Avaient-ils estimé que la séance de torture de Zora ne m'avait pas suffi, la veille ? Les muscles de mes fesses, de mes cuisses, de mes abdominaux et de mes adducteurs me rappelaient à leur bon souvenir à chaque fois que j'osais battre des cils. Après avoir atterri une centaine de fois sur le pont, j'avais également les mains tremblantes à force de les avoir crispées sur le manche, et la rétine cramée par les lumières de l'écran. Pas de doute, j'allais sortir de ce nouveau programme d'entraînement aussi essorée qu'une serpillière.

Je me rendis dans nos quartiers vers midi pour y rejoindre Susan et April dans la cabine de la toubib déjantée. Cette dernière avait tenu à nous réunir pour passer un moment convivial, et faire le bilan de nos aventures. Et pour boire, compris-je en découvrant les bouteilles de vin posées au pied de la petite table de fortune sur laquelle étaient disposés un grand saladier et des couverts. Un agréable fumet s'échappait du plat recouvert par une cloche.

April me tendit un verre vide.

— Rouge ou blanc ?

— Orange, répondis-je sans hésiter. Comme dans : jus d'orange.

Je me félicitai d'être si raisonnable.

— Tu n'es même plus amusante, Snow, dit-elle en grimaçant.

— Je suis surtout prudente.

Et très zélée à l'égard de mon instructeur, lorsqu'il n'était pas dans la même pièce. En sa présence, en revanche, une petite voix me poussait toujours à lui désobéir…

— On vole en fin d'après-midi, expliquai-je en me rabattant sur la bouteille d'eau que me tendait gentiment Susan.

Cette dernière prit ensuite mon assiette et la remplit de spaghettis.

— Bolognaise maison ? devinai-je en observant la sauce d'une couleur bien plus appétissante que celle qu'on nous servait depuis des semaines.

Elle acquiesça en souriant.

— J'ai fait d'autres courses au port, dit-elle avec un clin d'œil.

Je me remémorai certains détails de notre escapade et compris à quelles emplettes elle faisait allusion.

Nous entendîmes un bruit de pas pressés avant que Zora nous rejoigne à grandes enjambées, radieuse.

— Que nous vaut ce sourire à cent mille volts ? la provoquai-je tandis qu'elle s'asseyait à côté de moi.

— Comment vont tes cuisses, Snow ? enchaîna-t-elle sur le même mode. Mieux que ton ego, j'espère ?

— Pas si mal, mentis-je effrontément. Désolée de te décevoir. Comment va « on » ?

Elle se retint de sourire davantage tandis qu'April lui servait un verre de vin rouge.

— Tu as passé la matinée avec lui. Tu le sais mieux que moi, je crois.

— Donc, tu connais son emploi du temps… Lequel n'est jamais le même au fil des jours. Intéressant, Zora…

April applaudit deux fois avant de joindre ses deux mains devant elle, l'air attendri.

— Vous êtes devenues copines ! C'est merveilleux et inespéré !

— Rêve ! lança Zora avant de boire.

— N'y compte même pas ! ajoutai-je en l'imitant.

Zora observa le contenu de mon verre et réagit immédiatement.

— Tu vas voler ?

— Juste comme passagère, mais je commence à les connaître… Entre ce défi qui fait bouillonner leur testostérone et leur goût pour les sensations fortes, je risque d'être embarquée pour le tour de manège de ma vie, alors je prends mes précautions.

— On t'accompagne ! m'informa-t-elle en tendant son assiette à Susan.

— Moi aussi ! s'écria April.

Je les interrogeai du regard.

— Van Allen Senior-le-magnifique tient à ce que je rencontre mon homologue. Il est plus expérimenté et plus spécialisé que moi.

— Le magnifique ? demanda Susan en fronçant les sourcils.

— O'Connell ? ris-je en imaginant la confrontation explosive entre April et lui.

— Il travaille avec les pilotes depuis ses débuts, expliqua-t-elle. Et Alexi dit qu'il est canon !

— Voyez-vous ça ! s'exclama Zora en me fixant d'un œil goguenard.

— J'ai dit *pas mal* !

— Oui, parce que tu es avec Van Allen et que tu t'interdis l'objectivité.

— Merci, April. Tu devrais le crier sur le pont d'envol. Je crois que les officiers qui nous catapultent ne sont pas encore au courant…

— Nous savons toutes les quatre qui couchent avec qui sur ce rafiot !

— Ce rafiot ? s'étonna encore Susan, avec effarement.

— Nous le savons parce que tu n'as pas su tenir ta langue !

— Et eux, leur queue, termina Zora.

Nous nous tournâmes en même temps vers elle, ahuries.

Zora engloutit tranquillement le nœud de spaghettis autour de sa fourchette.

— Il y a un problème ? interrogea-t-elle la bouche pleine.

— Non, répondis-je.

Susan s'éclaircit la voix avant de s'adresser à April sur un ton rude.

— Puisqu'on en est là, Soren… *le magnifique*… il est à moi.

Cette dernière la fixa bouche bée.

— Alors ça… Je l'ignorais !

Susan me fit un signe de tête pour me remercier d'avoir gardé son secret.

— Depuis longtemps ? embraya April devenue hystérique.

— Ferme-la et mange, ordonna Zora en levant son verre. À quoi trinquons-nous ?

— Au pouvoir des femmes, et à ces hommes qui, où qu'ils soient et quoi qu'ils fassent, ne sont pas capables de grand-chose sans nous.

Zora sourit, enchantée par ma trouvaille.

— Pas mal, Snow ! J'adhère.

Je levai mon verre à mon tour et nous hochâmes la tête d'un air entendu. Nous mangeâmes ensuite voracement tout ce que notre mère de substitution nous servit, jusqu'à ce qu'il ne reste absolument plus une miette de ce qu'elle avait cuisiné. Le plat avait été délicieux, mon deuxième extra culinaire depuis que j'avais embarqué sur le *Percival*, après la langouste de la maison sur pilotis. Je songeai avec amertume qu'il nous faudrait nous accommoder de ce que proposeraient les cuistots jusqu'à la prochaine escale. À moins que le *Percival* ait pu embarquer un cordon bleu pour remplacer celui qui nous avait fait faux bond à Seattle ?

— Alexi, parle-nous de cette fabuleuse expérience ! demanda Susan comme nous terminions de déguster un café de la même qualité que les spaghettis qu'elle avait cuisinés.

Laquelle ? Ne pus-je m'empêcher de penser.

— Quelles sensations ressens-tu quand tu décolles et quand tu voles ? précisa-t-elle.

Il n'était pas facile de mettre des mots sur ce genre d'émotions ni de l'expliquer à des profanes.

— Au moment du décollage, c'est…

Je cherchai une comparaison adéquate qui puisse correspondre à ce que je ressentais à chaque envolée.

— C'est comme si j'étais au bord d'un précipice. Un abîme dont je ne vois pas le fond. Je sais pourtant que j'ai des ailes, et un moteur. Devant moi, il y a ce vide, alors je retiens mon souffle, mon cœur menace d'exploser dans ma poitrine. Et…

Toutes les trois semblèrent, elles aussi, retenir leur respiration, buvant chacune de mes paroles en attendant la fin de mon explication.

Amusée, je ménageai encore un peu de suspense.

— Et… répéta April qui ne s'intéressait pas qu'à nos histoires de fesses.

— Au moment où je pousse la manette des gaz, je tombe. C'est étrange, quand on y pense… Je monte à une vitesse phénoménale et pourtant, dans ma tête, je suis en train de chuter.

— Comme si tu lâchais prise ? demanda Zora

— Oui, peut-être.

— C'est tellement impressionnant et courageux ! s'enthousiasma Susan. J'avoue que si ma vie avait été différente, j'aurais été tentée par une carrière dans l'aviation.

— Tu aurais dû déposer ta candidature pour être le cobaye de l'état-major, rétorqua April.

— Je n'ai rien demandé du tout, moi ! rappelai-je, une fois de plus.

Zora s'était renfrognée. Malgré les progrès que nous avions faits, ce dossier-là avait encore son importance entre nous.

Susan secoua la tête.

— Non. Je ne regrette rien, et surtout pas d'avoir consacré beaucoup de temps à ma famille, même si cela n'a pas fonctionné.

On ne maîtrise pas tous nos choix, mais on doit essayer d'agir au mieux, avec ce qui nous est donné.

On ne pouvait pas faire plus adapté à ma situation. L'histoire de la famille en moins. Bien que très amoureuse d'Andreas, j'étais à des années-lumière d'avoir envie d'en fonder une.

— Amen, termina April en bâillant.

Nous la fusillâmes du regard.

— Je vous souhaite de trouver la paix et un bel équilibre dans vos vies, tout en menant ces projets extraordinaires, continua Susan Derwick, décidément très inspirée.

Je jetai un coup d'œil à Zora qui semblait aussi gênée que moi, puis acquiesçai en silence.

Contre toute attente, ce fut April qui eut le dernier mot. Et il ne fut pas des plus optimistes.

— Hum, des projets… Méfiez-vous quand même de l'avenir…

Nous fûmes très surprises mais personne n'osa poser de questions. Pourquoi avions-nous cru, Zora et moi, être les seules à avoir des choses à cacher ?

Nous nous quittâmes dix minutes plus tard sur des banalités. Le départ approchait, l'excitation me gagnait. Nous retournions à Hickam, le terrain de jeu de mon baptême du feu, le lieu où Andreas avait encore dévoilé de nouveaux aspects de sa personnalité, prouvant qu'il s'attachait à moi et à ce que nous partagions. Notre séjour à Hawaï resterait gravé dans ma mémoire comme le tournant de notre histoire. Je me revis, des semaines auparavant, contemplant l'énorme navire amarré au débarcadère, et souris en me souvenant de quelle manière Andreas et moi nous étions rencontrés.

J'empruntai l'escalier qui menait aux ponts inférieurs dix minutes avant l'heure, équipée de ma combinaison, les cheveux tirés en chignon d'où s'échappaient déjà quelques mèches rebelles. Mon cœur palpitait d'impatience et mes doigts se contractaient nerveusement. Je descendis jusqu'au pont, pleine d'allégresse et d'enthousiasme.

Retrouver mes ailiers, l'ambiance à la fois potache et réfléchie des briefings, l'euphorie avant les décollages. Et lui. Ainsi tournait mon monde, désormais.

Hélas, je ne flottai pas longtemps sur mon nuage. Au détour d'un couloir, j'aperçus Ganipy qui arrivait en sens inverse. Il avança à grandes enjambées et je blêmis. Nous étions seuls. Je priai tous les dieux en lesquels je ne croyais pas de le pousser à rebrousser chemin ou à feindre l'ignorance lorsque nous nous croiserions.

Ils en décidèrent autrement, peut-être pour me punir d'avoir été si impie ces dernières années.

— Alexi, où cours-tu comme ça ?

— Je crois avoir été claire quant à la manière dont tu devais t'adresser à moi, Ganipy, sifflai-je en le dépassant.

Il saisit mon bras pour me ramener violemment vers lui. Je perdis l'équilibre mais il tâcha de me garder debout en resserrant sa prise.

— Lâche-moi !

— Sinon quoi ? ricana-t-il. Je sais depuis hier que tu ne seras pas capable de résister longtemps. Qui dois-je remercier ? Weet pour me l'avoir confirmé, ou Van Allen et Drake qui doivent être à l'origine de cette brillante idée ?

— Tu as envie de refaire un tour sur le pont principal à trois heures du matin ? l'attaquai-je, en proie à la panique.

Je crus voir les narines de son nez aquilin frémir.

— C'était toi ? Bien sûr que c'était toi, Snow… Ou plutôt Pierce avec Rios ?

— Je te le répète une dernière fois, fous-moi la paix !

— Ta gueule, Snow !

Il raffermit sa prise. Envolées l'impatience et l'insouciance.

— Ma stratégie n'était pas assez élaborée la première fois.

— C'est le moins qu'on puisse dire… résistai-je malgré tout.

— Révéler que tu couches avec Van Allen n'était pas très convaincant. Il aurait fallu le prouver, ça se serait retourné contre moi. Mais, j'ai réflechi : la suite risque d'être intéressante, en revanche…

— Je suis attendue ! hurlai-je dans l'espoir que quelqu'un m'entende.

— Je t'ai dit de la fermer !

Andreas allait le tuer quand il saurait. Parce qu'il saurait, à la seconde où cette pourriture me laisserait enfin partir.

— J'ai un contact, un type de la police, à Seattle. Il a fait des recherches pour moi, poursuivit-il, plus haineux que jamais.

Je compris avant même qu'il ne poursuive ses explications.

— Il y a des zones d'ombre dans le dossier de ce cher capitaine. Il y figure des faits pour lesquels il n'a jamais été condamné. Personne n'y a accès, ils ont été classés secrets, et surtout sans suite.

Le peu d'espoir qu'il me restait encore venait de partir en fumée.

— Et alors ?

— Ça signifie qu'il a le bras très long et qu'il ne mérite peut-être pas tous les galons qu'il arbore avec autant de vanité.

— Et moi, je pense que tu ne sais rien !

— Tu le défends ? L'histoire de cul s'est transformée en belle histoire d'amour ? Pour tout te dire, ça arrange mes affaires.

— Fous-lui la paix !

— Tu sais quel est mon prix pour ça, Alexi…

Je vis dans les yeux de mon agresseur toute la détermination dont il ferait preuve pour me nuire. Avec ses cheveux blond platine – plus longs que lors de notre première rencontre –, le rictus cruel esquissé par ses lèvres fines et bien dessinées, je le trouvai plus effrayant que jamais.

— Je veux ma part du gâteau, Snow. Ça ne sera pas mignon ni tendre. Ce sera dur, à ton image, et tu en redemanderas.

J'eus la nausée.

— Tu es un malade !

— Et toi, une fille intelligente, baissa-t-il d'un ton comme nous entendîmes des voix au loin. Je te laisse réfléchir quelques jours. Le temps pour moi d'en savoir plus. Quand ma patience aura atteint ses limites, je te ferai signe, et rien ni personne ne pourra te sauver cette fois.

Il me relâcha d'un coup et reprit tranquillement sa marche en direction des deux hommes qui venaient d'apparaître au bout de la coursive. Il les salua, puis sa silhouette massive disparut à l'angle du goulet.

Je repris mon souffle, mais mon pouls battait bien trop vite, bien trop fort, au point de me faire mal. Il n'y avait plus de temps à perdre. J'avais assez attendu, en pensant que cet épisode resterait loin derrière moi.

Je dévalai les marches quatre à quatre et arrivai en catastrophe dans le sous-sol. Les moteurs des vans tournaient déjà. Je courus pour atteindre les miens, l'œil hagard, la respiration sifflante.

— Hé, Miss Météo !

Ils étaient tous là. Mon escadron. Des hommes qui auraient été prêts à m'aider si je le leur avais demandé, j'en étais certaine. Mais les choses allaient trop loin désormais…

— Miss Météo, tout va bien ? demanda Drake, tout aussi clairvoyant.

Andreas sut immédiatement qu'il y avait un problème lorsque nos regards se croisèrent.

— Je suis en retard… fut la seule chose que je sus leur répondre tandis que je me penchais en avant les mains sur mes genoux.

Je cachai mon visage et tentai de me reprendre en réfléchissant à toute vitesse. Je ne pouvais pas briser cette complicité qui cimenterait un jour mon destin au leur.

— Tu t'es encore perdue, hein ? rit Egor Sachs.

Ils se rapprochèrent pour former un cercle autour de moi. Comme le prélude au ballet qu'ils joueraient dans le ciel moins d'une heure plus tard.

— On a imaginé un truc pour savoir avec qui tu aurais le privilège de t'envoyer en l'air.

Je me relevai en espérant avoir repris quelques couleurs. Andreas m'observait, l'air inquiet.

— Peyton ! appela Drake qui ne souriait pas lui non plus.

Le bleu s'approcha, tenant son casque à l'envers. Il y avait six morceaux de papier pliés en quatre à l'intérieur.

— Si je suis l'heureux élu, je te promets que tu vas voir des étoiles, Miss Météo ! s'écria le jeune homme.

— Nous n'avons pas toute la nuit, faites ce putain de tirage au sort et on décolle !

Andreas n'avait pas pu s'empêcher d'intervenir. Nous courions décidément droit à la catastrophe.

Peyton s'avança et me tendit son casque.

— Ton sort est entre tes mains !

Je fixai, encore hébétée, le petit tas de morceaux de papier empilés sur la mousse qui tapissait le fond du casque.

— Prie pour ne pas tomber sur moi, Miss Météo ! lança Sachs, hilare. Nous avons encore des choses à régler, toi et moi !

Je retins ma respiration et me concentrai. Je maudis deux fois plus Ganipy d'avoir bousillé ce moment qui aurait dû être aussi divertissant qu'excitant.

Je plongeai ma main dans le casque en fermant les yeux, hésitai quelques secondes avant de saisir un morceau de papier à la pliure très prononcée. Je le dépliai avec précaution. Lorsque j'ouvris les yeux, je fus ragaillardie par la mine des hommes piaffant autour de moi, suspendus à ma réponse.

Je baissai les yeux.

Malgré mon abattement, mon cœur réussit à se gonfler de joie et ma mésaventure avec Ganipy recula encore d'un pas.

— Ice, annonçai-je d'une voix redevenue claire.

Le capitaine Van Allen eut du mal à cacher sa satisfaction. Il remonta sur son coude la manche de sa combinaison roulée sur son avant-bras. Cela me fit enfin sourire.

— Miss Météo, tu n'as pas gagné au change ! J'espère que tu n'as encore rien mangé et que tu as le cœur bien accroché ! se gondola à nouveau Sachs. Ou O'Connell ramassera plus qu'une frêle demoiselle en détresse cette fois !

Tous s'esclaffèrent en y allant de leurs commentaires et je me prêtai de bonne grâce à leur chahut.

— Hé, les branleurs ! nous héla un homme que je reconnus comme appartenant à l'unité de Zora. On attend plus que vous ! Magnez-vous le cul !

— Relax, Harker ! le houspilla Sachs.

Le dénommé Harker ne daigna pas appliquer le bon conseil du second lieutenant.

— Le capitaine Weet est de mauvaise humeur parce que nous sommes en retard ! vociféra-t-il.

— Weet ferait bien de baiser pour décompresser, lança Castelvani avant de se diriger vers un des vans prêts à partir.

Tous s'esclaffèrent avant de le suivre vers les autres véhicules. Je me rapprochai de Drake qui n'avait pas desserré les dents.

— Du calme… Il ne peut pas savoir que c'est toi qui as décroché le gros lot. Et Zora est très chiante quand elle s'y met, tu ne peux pas le nier !

Je réussis à le détendre.

— Et toi, Lex, comment vas-tu ? Tu as croisé un fantôme dans les couloirs ?

— En quelque sorte… répondis-je, gênée.

Ses yeux s'allumèrent.

— Ce fils de… ?

— Laisse tomber pour le moment, le coupai-je en me dirigeant à mon tour vers un véhicule.

Andreas m'attendait lui aussi. Il était trop tard pour nous glisser dans un recoin et discuter, comme lors de notre dernière sortie. Il se plaça dos à la portière ouverte pour tenter de nous couvrir.

— Lieutenant Snow, vous vouliez quelque chose ?

Nous ne pourrions communiquer que sous couvert de nos grades respectifs.

— Je dois vous parler d'un sujet de la plus haute importance, capitaine.

Son visage s'assombrit.

— Est-ce que cela peut attendre la fin de l'exercice à Hickam ?

J'avais juré de ne pas me laisser envahir par les affreuses machinations de Ganipy. Je voulais encore un peu de cette paix au côté d'Andreas.

— Oui.

Il scruta mon visage, à la recherche d'un tic qui aurait trahi une hésitation, puis il comprit que je ne mentais pas. Il hocha la tête et se décala sur le côté pour me laisser embarquer.

— Nous en parlerons dès que nous rentrerons. Vous avez ma parole.

J'eus la surprise de le voir me suivre pour s'installer à mes côtés sur la banquette.

Les portières coulissèrent et claquèrent. Les derniers moteurs s'allumèrent. Enfin, le convoi s'ébranla, puis avança sur la passerelle qui menait au quai.

Andreas profita du moment où je bouclai ma ceinture de sécurité pour attraper mes doigts et les serrer, fort. Je le rassurai de la même manière.

Le trajet se déroula sans aucun autre échange verbal, mais nos corps pressés l'un contre l'autre nous connectèrent plus étroitement. Nous écoutâmes les hommes de Zora plaisanter et échanger à propos de leurs activités sur la base, tandis que je rêvais à plusieurs reprises de poser ma tête sur l'épaule de mon supérieur pour me laisser aller à quelques confidences.

Au dernier carrefour, avant d'aborder l'interminable route en ligne droite qui menait jusqu'à Hickam, nous nous arrêtâmes quelques minutes sur le bord de la chaussée.

— Un visiteur… expliqua Andreas, l'air énigmatique.

Cet autre invité fut le premier à m'accueillir lorsque nous descendîmes de voiture quinze minutes plus tard.

— Lieutenant Snow ! lança Thaddeus Nishimura en me tendant sa main.

— Vous, ici ?

— J'éprouve encore le besoin de me frotter à la jeunesse. Que voulez-vous… J'ai aussi mes moments de faiblesse !

— Vous n'allez pas voler ?

— Je ne voudrais pas humilier tous ces fringants jeunes hommes !

— En tant que vétéran de la Navy, Thaddeus est autorisé à entrer, expliqua Andreas. Aujourd'hui, il est venu nous soutenir.

J'aimais le voir aussi rayonnant et détendu.

— Je suis surtout venu constater les progrès de la nouvelle recrue, mais j'ai appris que vous profiterez seulement du spectacle. Aux premières loges, néanmoins.

— C'est exact.

Nishimura se tourna vers notre leader.

— Attention, Van Allen, j'ai cru comprendre que ta passagère était encore un peu fragile.

— Il va y aller à fond ! répliquai-je avec fureur. Ne vous en faites pas !

Les autres pouffèrent et je rougis jusqu'aux oreilles.

Nishimura parut satisfait.

— Je savais que tu allais encore la mettre en rogne, plaisanta Andreas en nous faisant signe d'avancer vers un bâtiment.

Peyton nous talonnait et finit par arriver à notre hauteur. Il regardait Nishimura avec fascination. Je me souvins que Godzilla était un monument pour les initiés.

— C'est quelque chose cette fille-là, commandant ! intervint-il pour engager la conversation.

Les autres se raclèrent la gorge sans discrétion, tandis que Thaddeus Nishimura le fusillait du regard sans cesser d'avancer.

— Laisse le passé où il est, le bleu. Contente-toi de Godzilla et tout ira bien pour toi.

Le pauvre Peyton fut déçu et décontenancé. J'eus de la peine pour lui. Le reste de l'escadron nous rejoignit au pas de course et nous couvrîmes ensemble la centaine de mètres qui nous séparait du seuil de l'entrée où nous attendait, bras croisés sur sa poitrine, une Niamh O'Connell impassible.

Avant de m'engager à l'intérieur, j'entendis crier mon nom au loin. April se dirigeait vers les bâtiments de l'infirmerie, accompagnée de Ronan O'Connell. Elle me fit de grands signes, tandis que le zélé docteur me saluait de la tête.

— Bon courage ! hurla-t-elle, attirant l'attention de tous les hommes alentour.

April resterait April…

Je faillis heurter de plein fouet Nishimura qui m'avait attendue sur le seuil.

Il me fixait d'un air narquois.

— Quoi ? lâchai-je sans délicatesse.

— Vous êtes susceptible, lieutenant. Et bien trop sensible.

— Je n'aime pas le machisme ni qu'on me prenne pour une petite chose sans défense. C'est différent.

— Oh, vous avez des griffes, ça je m'en étais déjà aperçu. Et Andreas s'en est beaucoup plaint à une période.

— Pourquoi tenez-vous à me parler de ce qu'il vous confie ?

— Je tiens surtout à vous apprendre qu'il me dit *beaucoup* de choses.

— Je commence à le réaliser, en effet.

— Vous ne vous demandez pas pourquoi ?

— Pas aujourd'hui, le provoquai-je.

Il ouvrit la porte et m'invita à passer devant lui.

— Voyez comme je suis capable de bien me conduire, ne put-il s'empêcher de remarquer.

J'avançai dans le petit hall, déjà déserté par les autres membres de l'escadron.

— C'est par là, dit Nishimura en indiquant un escalier sur notre gauche. Troisième porte à droite, dans le couloir.

— Vous ne venez pas ? demandai-je en réalisant qu'il ne me suivait pas.

— Je préfère assister au spectacle sans avoir connaissance du programme. Je suivrai vos exploits à la radio.

Je secouai la tête.

— Une dernière chose, m'interrompit-il comme je m'apprêtais à monter. Ice. C'est moi qui l'ai fait. C'est une banquise, et comme tous ces putains d'icebergs, il y a ce qu'on voit et tout ce qu'on ignore.

— Je n'ignore plus rien désormais. Mais ça aussi, vous le savez, je suppose.

Ses yeux perçants me jugèrent sans ambages.

— Vous êtes faite du même bois que lui, mais vous ne parvenez pas à faire preuve du même contrôle. Sa sensibilité à fleur de peau, son hyperémotivité, sa colère… Il les contient à la perfection aux commandes d'un chasseur, il sait même s'en servir pour être le meilleur. Mais au sol, il est toujours le même. Il cachait bien son jeu jusque-là. Désormais, c'est une bombe à retardement, une grenade que vous avez dégoupillée.

— Merci pour cette belle métaphore dont je me serais volontiers passée, répliquai-je froidement.

— Je tiens à lui, termina-t-il avec plus de bienveillance. Mais faites attention à vous aussi, Miss Météo.

Il me salua comme son rang l'incombait, jadis, et je le lui rendis avec la même politesse. Puis il tourna les talons et sortit, me laissant plus perplexe que je l'étais déjà avant notre arrivée.

— Lieutenant Snow, on n'attend plus que vous ! me héla-t-on de l'étage.

Je gravis l'escalier rapidement, les pensées éparses, et me hâtai de rejoindre la salle de briefing, d'où montait déjà un joyeux bourdonnement.

CHAPITRE 14

— C'est un comble, lieutenant Snow, pesta le capitaine Lawrence comme je m'installais à côté de Niamh O'Connell. Vous allez profiter du voyage et c'est vous qui nous retardez !

— Veuillez accepter mes excuses, capitaine, bafouillai-je honteusement.

Si Andreas devenait intimidant quand il était en colère, Lawrence était, lui, effrayant. Je m'estimai heureuse de ne pas être sous ses ordres et priai pour que ce ne soit jamais le cas.

Comme à son habitude, Andreas se débattait péniblement avec plusieurs liasses de feuilles. Ses épis dorés tombaient sur son front et je détournai mon attention vers ma voisine pour ne pas me laisser emporter par des émotions qui n'avaient pas lieu d'exister en cet instant. La vigilance concernant ce qui pouvait trahir nos liens intimes était passée au rouge, particulièrement à Hickam, après mes derniers exploits.

Enfin, Lawrence fit taire les derniers récalcitrants qui n'en menaient pas plus large que moi, et parla.

— Prenez immédiatement connaissance de l'ordre d'exercice que vous fait passer le capitaine Van Allen. Il contient les cartes des zones que nous utiliserons, ainsi que les règles d'engagement de l'exercice qui opposera nos deux escadrons.

Des ricanements s'élevèrent du côté de nos adversaires et mes ailiers ne manquèrent pas de les fusiller du regard. Lawrence esquissa un sourire tout en poursuivant ses explications.

— La supériorité technique de notre flotte nous donne bien évidemment l'avantage, mais il sera intéressant d'observer de quelle manière vous vous en tirerez. Surpassez-vous, montrez-nous que vous n'êtes pas là par hasard.

Niamh prit deux feuilles et m'en tendit une, avant de faire passer le paquet derrière elle.

— Merci.

— De rien, Snow White, répondit-elle en prenant connaissance du document.

— Je préfère Miss Météo, me renfrognai-je.

— Tu n'as pas officiellement obtenu tes ailes, ni même ta qualification de pilote embarqué. Pour nous, tu restes Snow. Ou Snow White.

Je relevai la tête.

— Non !

— Et si… Demande des comptes à Crowell pour ça.

— Qui ?

— Le playboy à côté de Drake.

Un blondinet à l'air hautain, peut-être plus jeune que Peyton.

— Snow White ! Il ne manque pas d'air, celui-là !

— Il paraît que tu as tiré le gros lot ? reprit-elle. Un ticket pour le septième ciel avec Van Allen ! Moi, je suis sûre que tu as triché.

— Pourquoi tout le monde en fait une montagne ? Lui, ou un autre, qu'est-ce que ça change ?

— Oh, mais tout ! Tu n'es vraiment encore qu'une novice. Snow White.

— Arrête avec ça, et réponds-moi !

— Il va te faire une démonstration complète de l'étendue de ses talents. Et rien que pour ça, je suis ravie que le hasard ait si bien fait les choses. Il va nous donner plus de fil à retordre.

J'en trépignais d'avance.

Je pris connaissance de la longue liste qui dictait de quelle manière nous mènerions les assauts et tentai d'y associer tout ce que j'avais pu enregistrer au cours des dernières semaines.

Cela semblait plus compliqué qu'en simulation de vol… Les documents donnant les indications météorologiques pour la soirée m'étaient, en revanche, bien plus familiers. Cartes, données aérologiques et prévisions. Je décryptai avec aisance tout ce que mes collègues avaient établi. Mon attention se focalisa cependant sur un détail qui me sembla important. Je rctournai la feuille pour étudier à nouveau une carte et d'autres données, et mon intuition se confirma.

— Un problème, Snow ? demanda Niamh.

Je communiquerais cette information précieuse à mon camp un peu plus tard. Cela pourrait peut-être les aider.

— Non, répondis-je précipitamment.

Elle me lança un regard soupçonneux et je fis mine de brasser ma paperasse. La journée des faux-semblants, ...

— Est-ce que vous avez des questions ? lança le capitaine Van Allen en balayant la petite assemblée de ses yeux arctiques.

Presque toutes les mains se levèrent. Les réponses techniques se succédèrent : conséquences et réactions à anticiper en cas de touche, contre-mesures autorisées, ou encore portes de sortie pour évacuer rapidement la zone. Rien n'échappa aux deux escadrons.

Puis vint le moment de nous séparer. Dès lors, ce fut le début des hostilités. Nos adversaires ne manquèrent pas de nous lancer des regards moqueurs lorsqu'ils quittèrent la salle pour se réunir à côté. Lorsque le dernier d'entre eux ferma la porte, Andreas reprit aussitôt les rênes pour nous exposer sa stratégie. Les rôles de chaque membre de la patrouille furent établis. Notre leader connaissait les qualités et défauts de ses ailiers, et attribua des cibles à chacun d'entre eux selon la configuration et le déroulement du combat. Je les écoutai attentivement, enregistrant le moindre détail de cette situation inédite et privilégiée.

Lorsqu'ils eurent terminé, je pris la parole :

— Je voudrais juste vous parler d'un truc. Peut-être que ça pourrait vous intéresser.

Les visages étaient tendus, les regards attentifs. L'enjeu était de taille pour l'ego des hommes.

— Il va y avoir une couche d'inversion, vers sept mille cinq cents pieds. Est-ce qu'en volant à cette limite, les infrarouges des Sidewinders et des missiles pourraient être perturbés ?

Egor Sachs écarquilla les yeux, Drake et Peyton échangèrent un sourire. Puis tous se tournèrent vers Andreas qui me fixait avec curiosité.

— À condition qu'ils ne soient pas en mode Pitbull, trancha-t-il enfin avec un sourire en coin. Merci pour l'information, Snow.

— De rien, capitaine.

Les autres hochèrent la tête pour approuver.

— Encore des questions, messieurs ?

Aucune, car tous commencèrent à s'agiter. L'excitation était palpable, l'envie d'en découdre à son paroxysme.

— Alors, il est temps de nous préparer. Soyez précis et rapides. Faites honneur au *Percival* en défendant les avions que vous pilotez.

J'admirai encore avec quelle facilité Andreas commandait ses hommes, la manière dont il s'adressa à eux individuellement lorsque nous quittâmes la pièce pour rejoindre les vestiaires. Cela contribua à le rendre plus brillant à mes yeux, et à me rendre davantage amoureuse.

Le jour tomberait dans deux heures. Les rayons du soleil se paraient déjà de teintes orangées. Un petit vent d'ouest s'était levé et soulevait la poussière du tarmac.

Son casque sous le bras, Andreas marchait vers moi, le visage auréolé de cette lumière plus douce. Il était beau comme un dieu, si libre et insouciant.

Mon cœur se serra en pensant au cataclysme que je déclencherais lorsque nous en aurions terminé avec cette parenthèse. J'espérais que nous y survivrions.

— On y va, lieutenant Snow ?

J'avançai à sa rencontre, équipée de la même manière, et nous cheminâmes côte à côte en direction du Super Hornet autour duquel s'affairaient deux mécaniciens.

— Tu te souviens de ce que je t'ai dit la première fois que nous avons volé ensemble ?

Tout laisser en bas, ne rien emporter.

— Oui.

— Ne te laisse jamais dévorer par tes affects.

— C'est toi qui dis ça ?

— Je ne déconne pas là-haut, Lex.

Je me souvins de ce que m'avait dit son mentor, un peu plus tôt, et espérais ne pas lui donner raison.

— Ne t'inquiète pas. Je maîtrise la situation.

— Bien, acquiesça-t-il vivement. Et on parlera de ce qui t'a mise dans cet état tout à l'heure.

— Après avoir botté le cul de ces enfoirés !

Il me jeta un œil amusé.

— Tu apprends vite, Snow ! Tu deviens même pire que moi !

— J'ai eu de bons instructeurs.

— De gros enfoirés, eux aussi ?

— À leurs heures.

Je le vis réfléchir quelques secondes.

— Il y a d'autres mots que tu utilises systématiquement quand tu perds pied…

— De quoi tu parles ?

Il me transperça d'un regard chaud comme la braise, sans me répondre. Bien entendu, cela eut l'effet escompté…

— Bravo ! Et tu oses me parler de ces conneries d'affects avant de m'allumer en bonne et due forme !

— Considère que ça fait partie de l'exercice ! De la maîtrise, avant tout !

Je grommelai une énième fois mon insulte fétiche et calai mes pas sur les siens lorsqu'il pressa l'allure.

Quand nous arrivâmes au pied de l'appareil, ce fut plus spécial que d'habitude. Peut-être parce que nous nous étions encore rapprochés, Andreas et moi, et que mon esprit avait été mis à rude épreuve ce jour-là.

Nous terminâmes de nous préparer, remontant le zip des combinaisons, ajustant les gilets de sauvetage et les gants, et fûmes sur le point de nous séparer pour embarquer l'un derrière l'autre. Andreas se retourna une dernière fois, la mine radieuse.

Je ne résistai pas à lui poser une ultime question, celle dont je connaissais bien évidemment la réponse.

— Tu vas lâcher les chiens ?

Il afficha le sourire le plus féroce que je lui avais connu jusqu'ici.

— Absolument.

Ses beaux yeux bleus pétillaient d'une impatience qu'il peinait à contenir. Il ne vivait que pour ces moments-là. Voler était sa came, son exutoire, sa liberté et sa raison d'être. Et c'était *mon* homme. Je me fichais de savoir s'il était légitime que je le considère comme tel.

Dans les airs, loin des nôtres, Andreas m'appartenait corps et âme.

— Je n'ai pas peur.

— Je sais, murmura-t-il avec fierté.

Je lui souris en retour.

— Alors, on s'envoie en l'air pour de bon ?

— C'est parti ! rit-il en coiffant son casque et en posant le pied sur le premier barreau de l'échelle.

Ce furent les dernières paroles que nous échangeâmes, face à face, avant de nous enfermer dans nos cockpits, de sangler les harnais et d'allumer la radio.

— Hickam sol de Huntsman[1], bonjour, commença Andreas sur la fréquence sol.

Je levai les yeux au ciel en découvrant l'indicatif qui avait été choisi par nos adversaires pour effectuer le guidage avec la tour. Huntsman, Snow White… quelle finesse.

— Bonjour, Huntsman, répondit le contrôleur.

Dès lors, le compte à rebours fut lancé et nous enchaînâmes la file de procédures qui précédaient le décollage. Le fourmillement d'avant-départ gagnait ma poitrine et ma gorge, j'inspirai profondément pour diffuser et prolonger ces délicieuses sensations, en passe de devenir aussi accroc que les autres.

— Huntsman paré au décollage, lança enfin Andreas.

Le monstre ronronnait et n'attendait plus que l'ordre de son maître pour s'élancer. Lequel devait être à court de patience à en juger par le ton agacé sur lequel il répondait aux dernières indications de la tour.

— Huntsman, autorisé décollage piste 08 Gauche, sortie par Palay à dix mille pieds et direct sur votre zone W-193.

---

1 : *Huntsman* signifie chasseur en anglais.

J'expirai et détendis mes jambes.

Je me tins prête, mon cœur battait la chamade. Voler aux commandes d'un avion de combat était déjà quelque chose. Décoller à bord d'un Hornet, piloté par un Andreas chauffé à blanc, surpassait ma première expérience.

— Ouvre les yeux, Miss Météo, lança Andreas. On s'envole.

Nous partîmes comme un boulet de canon et quittâmes presque aussitôt la piste. J'inspirai rapidement, contractai mes abdominaux et absorbai les G et la pression qu'Andreas nous imposait d'emblée. L'entrée en matière visait à donner le ton et à avertir quiconque tenterait de l'éliminer qu'il était en très grande forme, déterminé à rester seul maître du ciel.

— Les connards sont de retour ! émit une voix dans la radio.

Le contrôleur ne survivrait pas à un décollage de plus !

Lorsque nous terminâmes notre montée initiale à dix mille pieds, Andreas s'adressa à moi :

— Tu fais le transit sur secteur[2] ?

— Bien sûr ! m'exclamai-je, surprise.

— Prête ?

Je sus qu'il souriait autant que moi.

— Prête.

— Tu as les commandes.

— J'ai les commandes, confirmai-je en tenant le manche.

2 : Acheminement vers la zone où doit se rendre l'aéronef.

— C'est parti, Lex.

Cela ne dura pas assez longtemps à mon goût… Nous arrivâmes trop vite au large d'Oahu. Le combat se déroulerait exclusivement au-dessus de l'océan, dans une zone où le transit maritime était interdit.

— Ici commandement exercice. Aux deux leaders, le ciel est à vous. Début à vos tops.

L'escadron adverse se trouvait à cent kilomètres au nord de notre position, à quinze mille pieds d'altitude, soit environ trois minutes de vol, en admettant qu'il reste sur place. Le combat démarrerait par une vague de missiles moyenne portée, à la seconde où le signal du départ serait donné.

— Paré pour nous, affirma Roxie.

— Paré aussi, répondit Andreas.

Je les imaginai, tous, piaffant d'impatience aux commandes des chasseurs.

— Alors, on y va !

Une première alarme se déclencha : un missile venait d'être lancé ! Andreas tira aussitôt sur le manche tout en poussant les gaz à fond.

— Je suis l'homme à abattre, s'exclama-t-il, heureux.

Je fus écrasée au fond de mon siège par l'accélération tandis qu'il effectuait un looping parfait. Du coin de l'œil, j'aperçus la formation s'éclater. Chaque ailier menait sa stratégie en se concentrant sur ses cibles respectives.

Je n'entendis que le bruit des deux réacteurs de l'aéronef et de l'alarme missile en approche. Puis mes perceptions de l'environnement s'affinèrent à mesure que je gérais les conséquences de l'inversion. Au sommet de son looping, Andreas coupa les gaz, cela desserra l'étau qui me comprimait le thorax.

— Il est toujours là… grinça-t-il des dents. On va la jouer autrement…

Nous descendîmes plus vite pour tenter de nous débarrasser du missile.

Une autre alarme se mit à hurler.

— Stall ! Stall !

Andreas décrocha violemment et nous plongeâmes !

Tandis que mon estomac remontait dans ma gorge, je ne quittai pas des yeux l'altimètre, affolé par l'intensité de notre chute. Lorsque le hurlement strident de l'alarme s'arrêta net, je pus enfin respirer.

— Bien joué, Ice ! lança Drake dans l'intercom.

Ouais, bien joué…

L'accalmie ne dura pas. Nous repartîmes au combat, au côté d'hommes plus motivés et impitoyables que jamais. Les informations s'enchaînèrent, et avec elles, les prouesses techniques pour tenter d'échapper à nos adversaires, ou les éliminer.

— Fox 2, en poursuite.

— Teddy Bear, tu en as un au cul.

Je reconnus la voix de Peyton qui volait à proximité.

— Tiens bon, Teddy Bear ! répondit Andreas. Au top, tu inverses, sortie Cap 170. On va le cueillir dans le virage. Top !

Je tournai la tête pour voir plonger un Hornet, suivi de près par un Raptor. Andreas eut largement le temps de locker la cible.

— Fox 2 ! annonça-t-il en tirant son missile.

Le rythme imposé par l'exercice était incroyable. Il arriva même un moment où je ne parvins plus à suivre le flot continu d'informations déversées en rafales par les pilotes. Je guettai alors les avions virtuellement touchés, qui disparaissaient à trois mille pieds, pour sortir de la zone, plus au nord.

Sans surprise, les Raptor avaient pris l'avantage sur nos machines. Drake fut l'avant-dernier de notre camp à tomber.

Il n'y eut plus que nous dans le ciel.

— Encore deux bandits à descendre et personne pour m'épauler, autant te dire que ça va secouer ! me prévint un Andreas surexcité par l'imminence de la joute finale. Accroche-toi, Lex !

Il collait déjà au train d'un des deux rescapés. Je tentai d'apercevoir l'autre en regardant dans toutes les directions. En vain.

— Montre-toi, Roxie ! Tu rêvais de me botter le cul, non ? Ça tombe bien, me voilà !

Niamh était notre dernier adversaire. Elle devait être ravie d'en découdre avec notre leader !

Une nouvelle décharge d'adrénaline ranima la douleur qui me cisaillait l'estomac. Nous allions terminer le combat au plus près les uns des autres, tout en maintenant une vitesse hallucinante.

Je me tins prête à lutter contre la sensation d'écrasement qui nous guettait.

Andreas fit usage de toute la puissance des deux réacteurs pour réduire la distance entre nos appareils, mais c'était peine perdue face à un Raptor beaucoup plus rapide. C'est alors qu'il ralentit et, d'un coup sec, partit dans une vrille pour nous amener droit sur la queue du second aéronef qui venait d'apparaître comme par magie.

— Fox 2 ! Kill ! hurla-t-il en l'abattant.

La fête venait de se terminer pour Roxie en à peine une demi-seconde.

Le survivant tenta une ultime attaque, mais s'avoua vite vaincu car il avait épuisé autant ses missiles que ses leurres.

— Compliments, Ice ! déclara Egor Sachs à la radio, tandis qu'Andreas calmait le jeu.

Le Super Hornet volait enfin en ligne droite et à une vitesse bien moins élevée que durant les dernières minutes. Tout était allé très vite, avec une intensité extraordinaire. La performance réalisée par les deux escadrons me sembla être à des années-lumière de ce qu'on tentait de m'apprendre.

— Tu reprends les commandes, Miss Météo ? me proposa Andreas via l'intercom.

Je ne me fis pas prier une seconde fois.

— Où allons-nous ? demandai-je en agrippant le manche.

— On monte.

Nous nous trouvions toujours au-dessus de l'océan et continuâmes de nous éloigner de l'archipel.

Et, conformément au souhait de Sa Majesté, nous montâmes. Jusqu'à atteindre trente mille pieds.

— Encore ?

— Encore, confirma Andreas.

J'obtempérai en poussant les gaz, intriguée. À cette altitude, l'avion commençait déjà à ne plus se mouvoir de la même façon.

— Ça ira pour cette fois. Stabilise au FL450. Réduis les moteurs.

— Et maintenant ?

— Et maintenant, ouvre les yeux, déclara-t-il d'une voix plus douce.

Je ne vis d'abord que le bleu, à perte de vue. Céruléen à cette heure de la journée. J'en eus mal aux yeux. Et mal au cœur, grisée par cette immensité qui semblait prête à nous engloutir.

Bien plus bas, bien plus loin, il y avait ces fines grappes de nuages qui avançaient à vive allure. Seules preuves que nous volions à très grande vitesse, quand tout semblait être au ralenti autour de nous. Même le rugissement des réacteurs paraissait être étouffé par la gangue invisible, impalpable qui nous enveloppait.

Il n'y avait plus que le silence, et l'infini. À cette altitude, et en observant l'horizon, on distinguait la courbe dessinée par la croûte terrestre.

Ce fut un moment d'une rare beauté. De sérénité et de repos. Le calme avant la tempête qui se déclencherait, bientôt. Andreas ne fit plus aucun commentaire et nous laissa savourer, ensemble, ce spectacle grandiose.

Il reprit les commandes quelques minutes plus tard, tandis que je tentais de calmer les battements frénétiques de mon cœur qui, cette fois, ne s'était pas emballé sous l'effet des G ou du stress.

Nous fûmes vite de retour au-dessus de l'archipel, à plus basse altitude.

Andreas se reconnecta avec la tour pour préparer l'atterrissage, et c'est seulement à ce moment-là que nous prîmes connaissance de ce qui était arrivé durant notre fugue.

— Un de vos gars a demandé à atterrir d'urgence. Il vient d'arriver sur Hickam.

— Qui ?

Je priai pour qu'il ne s'agisse pas de…

— Big Bear. Il…

— Donnez-moi un couloir et une piste ! leur ordonna sèchement Andreas.

— L'équipe médicale est en place et vous ne…

— Je me fous de savoir ce que vous pensez ! Un putain de couloir, maintenant, ou je déclare une urgence !

Le contrôleur de la tour maugréa avant de donner sa réponse – et son autorisation – quelques secondes plus tard.

Ce furent les minutes les plus longues de mon existence. Andreas effectua un atterrissage violent et freina avec la même énergie.

Les cockpits s'ouvrirent. Nous nous débarrassâmes à la même vitesse de nos casques et nous retrouvâmes en moins de deux sur le tarmac, avant de courir vers l'attroupement qui s'était déjà formé au pied de l'appareil de Drake. Il y avait là, pêle-mêle, Zora, l'œil hagard, et ses hommes. Ses homologues hawaïens, des membres du personnel de l'infirmerie, et enfin, Ronan O'Connell et April, aux premières loges.

Ma gorge se serra lorsque nous fûmes assez près pour constater que Drake gisait inconscient sur une civière, le corps secoué par de violentes convulsions.

April lui parlait calmement les doigts posés sur sa carotide, tandis qu'O'Connell posait un cathéter dans le creux de son bras. Nous fûmes rejoints par les autres qui arrivaient du bord de la piste.

— Qu'est-ce qu'il a, putain ? explosa Zora qui tournait derrière eux comme un lion dans sa cage.

O'Connell releva la tête et balaya des yeux l'attroupement qui s'était formé autour d'eux.

— Dégagez-les d'ici ! aboya-t-il à l'adresse de Zora.

Cette injonction lui permit de reprendre le contrôle d'elle-même durant le moment où elle procéda à un ménage efficace. Lorsqu'il ne resta plus que Lawrence, Andreas, elle et moi, je compris qu'il fallait à mon tour m'éloigner.

— Qu'est-ce que tu préconises ? demanda O'Connell à sa consœur qui semblait concentrée à l'extrême.

Cette dernière affichait un air sombre et mon sang se glaça.

— Sa tension est trop basse, le cœur a des ratés. Il nous faut un plateau technique plus performant.

Je rencontrai le regard perspicace d'April et sus qu'elle avait assemblé toutes les pièces du puzzle que j'avais disséminées au fil des semaines.

— Je fais affréter un hélico et on file sur le *Queen's*, approuva O'Connell.

Il s'éloigna de quelques mètres, un talkie-walkie à la main.

Zora Weet devint pâle comme un linge, ses lèvres tremblèrent. Nous nous regardâmes, elle et moi ; je vis la peur et la détresse hanter ses prunelles sombres. Comment les choses avaient-elles pu déraper à ce point ?

April ne perdit pas de temps : aidée de l'équipe médicale, elle commença à préparer Drake pour le transport. Je constatai avec un minuscule soulagement qu'il tremblait un peu moins, mais sa main inerte posée sur son ventre me fit frémir. Y avait-il eu des signes avant-coureurs ce jour-là ? En avait-il trop fait au cours de cet exercice ?

Dire que je l'avais cru raisonnable…

C'est ce qu'il avait promis, en échange de la paix au sujet de ma relation avec Andreas. Sa vie contre mes histoires de cœur. Le deal était ridicule. Je crevais de trouille à l'idée qu'il y laisse des plumes, et j'eus honte de ne pas m'être montrée plus insistante. Mais au nom de quoi aurais-je eu le droit d'intervenir et de le trahir ?

— Quelqu'un avec lui ? demanda Ronan O'Connell en revenant à grandes enjambées. Une seule personne.

Je fus surprise de voir Andreas et Zora s'interroger du regard. Cette dernière déglutit et cligna rapidement des yeux à son intention.

— Moi, se décida Andreas en avançant.

— On est prêts, lança April qui glissait les poches et les fils de la perfusion à l'intérieur de l'enveloppe formée par la couverture chauffante.

— Ils nous attendent, reprit O'Connell. On y va à pied.

Zora se plaça à la tête de la civière.

— À trois. Un, deux, trois ! leur ordonna O'Connell qui prenait la tête des opérations.

On souleva aussitôt Theodore.

L'image de ce géant emporté dans les airs fut saisissante. Je me promis de le lui raconter lorsqu'il nous reviendrait. L'équipage trottina vers l'extérieur de la piste, je m'arrêtai lorsqu'ils s'engouffrèrent entre deux bâtiments pour accéder à l'héliport qui devait se trouver de l'autre côté.

Andreas tenait le côté droit de la civière en ne quittant pas Drake des yeux. Il disparut avec les autres au loin.

Les pales de l'appareil vrombirent et l'hélicoptère décolla moins de deux minutes plus tard. Il s'éleva lentement dans la lumière du soleil couchant, avant de percer le ciel en direction d'Honolulu. L'appareil s'éloigna, et avec lui, son monstrueux grondement. Le ronronnement sourd des réacteurs des avions de ligne en phase d'atterrissage leur succéda.

C'est à ce moment-là que l'évidence me frappa de plein fouet, en même temps que cette réalité que j'avais tenue à distance trop longtemps, nous nous tenions tous au bord d'un gouffre. Il avait suffi d'un rien, à peine le souffle d'une brise, pour précipiter notre chute. Et le pire était à venir.

REMERCIEMENTS

À mes lectrices, qui ont lu la première version d'ABOVE ALL, l'ont aimée, en ont parlé l'été dernier. À celles qui ont embarqué – et résisté – aujourd'hui.

À Grégory Schopfer, grâce à qui Ice et Miss Météo voltigent, cette fois.

À BMR, à Cécile Térouanne et Isabel Vitorino, qui ont briqué avec moi les planchers du *Percival* et ses beaux avions.

À ma mère, pour sa relecture attentive et ses commentaires aussi pertinents qu'impitoyables !

À mon mari, qui a aimé voler avec Ice et Teddy Bear. Et ce n'était pas gagné !

Il est l'heure de décoller ! À bientôt ?

Découvrez tout de suite

JEU SET MATCH
de Battista Tarantini

Nous avons bu un délicieux rosé. Gris, souple et frais. Puis nous avons observé celles et ceux qui évoluaient autour du bassin extérieur, sur la vaste terrasse de l'Excelsior. Nous avons envié leur portefeuille, pas leur vie. C'est l'avantage d'être pourvue d'un regard incisif et moqueur, et le seul d'être née sans fortune !

Une demi-heure plus tard, lorsque les trois générations de *top model* en bikinis ont déserté les lieux pour faire place aux membres cravatés du staff de la ligue de tennis, nous avons compris que les festivités commençaient.

Valentina et moi approchons de l'îlot central où il nous semble apercevoir une fontaine de champagne.

— Rappelle-moi à quelle heure le carrosse vient me chercher ? me glisse ma sœur lorsque nous arrivons face aux serveurs, qui ont revêtu pour l'occasion le même genre de tenue qu'elle avant que nous nous changions.

— Dans deux heures ! Tâche de bien te tenir, ou je me ferai un plaisir de rédiger un rapport à ton fiancé.

Je rêverais que ma sœur dérape. Qu'elle boive et tombe sur un chic type qui lui fasse voir la vie en rose. Si cela arrive, j'envisage de le communiquer à ce connard de Nicolas par voie de presse !

Les trois verres de rosé dont Valentina s'est délectée commencent à faire leur effet. Une flûte à la main, ma sœur glousse et se tourne vers l'assemblée grandissante.

C'est à ce moment-là qu'on la bouscule. Le contenu de son verre se répand sur – et à l'intérieur – de son décolleté. Valentina pousse un cri aigu, attirant l'attention sur nous. Je reconnais aussitôt le trouble-fête : c'est l'homme qui m'a souri dans l'ascenseur. Il grogne un *putain* sonore avant de relever la tête et de croiser mon regard.

Ma première impression n'a pas été biaisée par mon extrême nervosité. Il a bel et bien de beaux yeux noirs en amande, et rieurs en plus. Un visage aux traits juvéniles et des cheveux châtain clair que je soupçonne éclaircis par le soleil. Ils forment quelques boucles autour de ses oreilles.

Il est craquant lorsqu'il se confond en excuses.

— Je suis désolé… vraiment désolé…

Craquant et français.

Il saisit une des serviettes blanches posées sur le bar et s'apprête à réparer les dégâts avant de réaliser l'incongruité de la situation. Valentina lui facilite la tâche en la lui arrachant des mains. L'inconnu est gêné, cela ne fait qu'attiser mon amusement et ma curiosité.

Il esquisse un sourire dans ma direction, je le lui rends avec compassion. Il semble prêt à lancer une timide offensive – toute légitime dans ce contexte particulier –, avant de se rétracter.

Valentina a surestimé les dégâts. Il n'y a presque aucune trace de l'accident sur sa robe.

— Excusez-moi… Je devais avoir soif quand je me suis précipité vers vous. Je… Enfin, ce n'est pas ce que j'ai voulu dire… bafouille-t-il. Ah… merde !

Le *merde* est le bienvenu et rompt toute tentative de nous faire passer les uns et les autres pour ce que nous ne sommes pas. L'expression de son visage change lorsque son regard fait un aller-retour entre ma sœur et moi.

Deux pour le prix d'une, a osé avancer un lycéen en rut il y a dix ans. Il n'a plus jamais tenté de faire de jeux de mots après, car Valentina l'a giflé sans sommation et devant témoins. On nous a fichu une paix royale jusqu'à la fin de notre scolarité.

Ma jumelle répond à la question qu'il doit être en train de se poser :

— Oui, oui, des vraies ! Et c'est moi l'aînée.

— Parce qu'elle est née cinq minutes avant moi.

Ses billes noires s'éclairent.

— Je ne vous aurais pas confondue avec votre sœur !

La rencontre éclair dans l'ascenseur lui a laissé quelques souvenirs…

Je le tempère :

— C'est sans doute à cause de la coiffure.

Valentina a une chevelure de sirène, blond vénitien, qu'elle laisse s'épanouir sur ses épaules et dans son dos. Ce soir, j'ai tordu la mienne pour en faire un beau et lourd chignon d'où s'échappent des mèches récalcitrantes.

— Non, je ne pense pas, dit-il sincèrement.

Bien que dotée des mêmes gènes qu'elle, je suis aussi pâle que ces touristes parisiens qui débarquent sur la Promenade des Anglais au début du printemps. Ma taille marquée met en valeur mes hanches plus charnues. Mes lèvres, pleines comme les siennes, sont souvent boudeuses.

— Vous voulez que j'aille vous chercher de l'eau ? propose-t-il à ma sœur.

Valentina le fixe avec un sourire que je connais bien.

— Ma robe et moi en avons vu d'autres, rassurez-vous !

Ma jumelle est aussi la reine des quiproquos.

— Miss Rosenthal ?

Une femme d'âge mûr m'interpelle.

— Je suis Diane Todd, se présente-t-elle en me tendant la main.

C'est l'agent de Cheri Myers. Nous nous sommes parlées à de nombreuses reprises au téléphone pour établir avec précision ce qu'elle et son équipe attendaient de nous. Elle m'a paru droite, sûre d'elle et très professionnelle. Je n'ai pas été surprise, les Américains font toujours ce qu'il faut lorsqu'il s'agit de communiquer. Je sais par expérience qu'ils en rajoutent même une tonne quand ils ont affaire à des Français.

Je m'empresse de jouer cartes sur table.

— Et je suis Ella.

Je serre la main qu'elle me tend. Sa poigne est ferme, ses yeux noisette scrutateurs, son brushing impeccable. Elle porte l'uniforme tailleur, collants et escarpins avec moins d'outrance que certaines de ses compatriotes.

Elle hoche la tête : mon entrée en matière semble l'avoir satisfaite.

— Nous ne reviendrons pas sur les modalités d'action de votre enquête, enchaîne-t-elle avec efficacité. Nous en avons assez discuté ces derniers jours, je pense avoir communiqué à Cheri tous les détails qui lui seront utiles. Je voudrais vous la présenter, maintenant. Et vous présenter aussi à Kyle Anderson.

L'entraîneur de Cheri Myers. Celui qui sera susceptible de me donner du fil à retordre.

— Je reste là, répond ma sœur, devançant ma question. En bonne compagnie !

Elle se tourne vers le boy-scout qui, lui, cherche mon regard.

— Ce serait avec plaisir, mais on m'attend aussi. Avancez jusqu'au bar de la grande tonnelle, le champagne y est meilleur parce que c'est la fédération qui régale.

— Ça, c'est un tuyau intéressant ! s'exclame ma sœur.

Diane s'impatiente. J'adresse un signe de tête à celui dont je ne connais pas le nom et rejoins ma nouvelle patronne.

— Il faut que vous soyez dans les bonnes grâces d'Anderson si vous voulez approcher Myers comme vous l'entendez, me dit-elle.

Qu'est-ce que je disais…

Nous avançons en direction d'un groupe de personnes que ma sœur et moi ne pouvions pas voir jusque-là. Ils ont établi leur camp derrière le magnifique kiosque au toit orné de volutes orientales bleues et blanches.

— On dirait que ça ne vous enchante pas, Diane.

— Peu importe ce que je pense. Et ce qui m'enchante – ou pas, d'ailleurs. Je veux que vous fassiez ce reportage dans les conditions que vous jugerez optimales pour produire ce que Cheri réclame. Et pour cela, il faut vous mettre Anderson dans la poche.

Nous approchons et je reconnais les joueurs, les joueuses – et ceux que je présume être leurs plus proches collaborateurs. Ils ont commencé les réjouissances sans nous. Il n'y a aucun confrère ; ceux-ci ont été arrêtés par la fontaine de champagne, un barrage efficace. Je soupçonne les sportifs d'être arrivés par une autre entrée pour différer le moment où ils se mêleront à la foule.

Nous passons tout près de Jackson Ring, l'Australien blond comme les blés aux allures de playboy : c'est la nouvelle coqueluche du circuit. Un verre à la main, il s'esclaffe parmi un groupe de femmes captivées par son numéro. Des stars du circuit WTA, aux côtés d'illustres inconnues.

— Kyle, voilà la journaliste. Ella Rosenthal.

Kyle est aussi grand que sa protégée, qui se tient à côté de lui. Il est brun, avec un visage aux traits anguleux, de prime abord plutôt sévère. Cheri Myers, elle, est divine dans son short en lin blanc et sa chemisette assortie. Longue, plus mince que les autres joueuses. Elle a une bouche exagérément grande quand elle sourit, et des dents éclatantes. Ses yeux sont aussi bleus qu'un lagon de la mer des Caraïbes. Ses pommettes sont hautes, son nez tout petit. Ses cheveux blonds sont rassemblés en une tresse qui atteint sa poitrine.

— Ella Rosenthal.

Je n'ai pas fini de me présenter aujourd'hui…

— Cheri Myers, mais je crois que ça ne vous a pas échappé, se permet-elle de dire avec le sourire. Enchantée de vous connaître.

Anderson, lui, plisse les yeux. Je le dérange, et ceux qui l'entourent ne me font pas meilleur accueil.

— Il n'est pas question de commencer ce soir ! lance-t-il à Diane sans m'accorder le moindre regard.

Cette dernière semble agacée par la mauvaise volonté du coach et par son manque de courtoisie.

— Nous ne sommes pas venues pour ça. Tu sauras la reconnaître ?

Il hoche la tête, sans un mot, avant de relancer la conversation que nous avions interrompue. Cheri a la parole au milieu de ceux que j'identifie à leur accent comme des Américains. Je ne pense plus qu'à rejoindre ma sœur…

— Venez, me commande Diane en commençant à s'éloigner.

Je ne me fais pas prier longtemps. Nous quittons, à mon grand soulagement, ces eaux où je ne sais pas encore naviguer et retournons sous les grandes tonnelles. Il y a foule, maintenant. Je ne vois plus Valentina, ni même le comptoir près duquel je l'ai laissée.

— Ella, vous connaissez Pieter Kerris ?

Le président de la fédération.

— Non. Pas encore.

— Je vais vous le présenter, pour qu'il ne se pose pas de questions lorsqu'il vous verra tourner autour de la Lionne.

C'est amusant qu'elle ait utilisé le surnom de Myers en privé. Du haut de ses vingt-deux ans, l'Américaine sait impressionner et se faire respecter.

Pieter Kerris me manifeste plus d'intérêt qu'Anderson. Ses yeux s'illuminent lorsqu'il me prie de saluer Deshaies, avant de se souvenir que ce dernier nous rejoindra à Monaco à la fin de la semaine pour assister à la finale.

J'ai regagné la rive, mais il me tarde de retrouver ma sœur. L'heure de les affronter tous viendra bien assez vite.

Valentina s'ennuie à l'ombre d'un palmier. Les invités sont accaparés par l'euphorie de l'événement au point de ne pas la remarquer.

— Où est ton chevalier servant ?

— C'est le tien, Ella ! Il m'a à peine regardée, alors qu'il avait renversé la moitié de son verre dans mon soutien-gorge !

— Je ne suis pas venue pour ça.

— Rien ne t'empêche de joindre l'utile à l'agréable. Il est pas mal, non ?

— Il est même plutôt beau gosse. Il t'a dit ce qu'il faisait ?

— Plus que ça ! Je l'ai fait parler après ton départ. Il est médecin, il vient d'intégrer la division qui se charge des contrôles anti-dopage.

L'information met mon esprit en branle. Voilà une nouvelle donnée avec laquelle je vais devoir composer. La Lionne est forcément confrontée à cet autre aspect du monde du sport de haut niveau.

— Intéressant… Il t'a dit comment il s'appelait ?

— Non. Il a surtout cherché à savoir ce que toi, tu faisais parmi eux.

— La plante verte. Si tu m'avais vue de l'autre côté… Les sportifs sont tous là-bas. Je me demande même s'ils vont nous rejoindre avant la fin de la réception.

— Il semblerait que oui, m'interrompt Val en indiquant le kiosque de la tête.

Un des dirigeants de la fédération – que j'ai salué avec les autres tout à l'heure – a demandé aux stars de la soirée de nous rejoindre. Le cortège s'avance. Les échanges vont bon train, les convives rient et trinquent. Valentina et moi les observons en silence, curieuses et fascinées.

Perché sur la petite estrade dressée sous les tonnelles, Pieter Kerris tente d'obtenir un semblant de silence. Lorsqu'il y parvient, il remercie le directeur du palace, puis les sportifs et les invités d'avoir honoré son invitation, ce soir. Parce qu'elles n'ont pas joué les Masters de Monte-Carlo depuis 1982, les joueuses sont à l'honneur. Kerris leur demande de prendre place à ses côtés. Si Jones et Luz, la Brésilienne incendiaire, s'engagent avec enthousiasme, Cheri traîne des pieds et ne sourit même plus du tout lorsqu'elle se retrouve face à l'assemblée.

— Elle est super canon, la Lionne, souffle Valentina.

Oui. Très stéréotypée, certes, mais belle à en faire mal aux yeux, à la manière de ces filles qui s'affichent sur les couvertures des magazines féminins.

Pendant que Kerris continue à discourir, un serveur passe tout près de nous. J'en profite pour l'arrêter et échanger nos deux coupes vides. Je me retourne quelques secondes afin de mieux contrôler l'opération. Dos à l'estrade, je prends les verres que l'on me tend successivement, puis je relève la tête, concentrée, et croise soudain un regard.

Il est plus grand que je ne le pensais. J'ai sursauté, parce que je ne m'attendais pas à le voir de si près, ni à établir un contact aussi direct avec lui.

Cela n'a pas duré plus d'une seconde, cela a suffi à me troubler.

Le Slave – et très brun – Sevastian Novikov ne s'est pas attardé, évidemment… Il a continué d'avancer. Je n'ai vu que ses yeux clairs, enchâssés dans son visage au teint mat. Il porte un jean foncé et une chemise bleu marine cintrée à la taille. Sa démarche est paresseuse. C'est celle d'un grand félin qui n'a plus à prouver – et certainement pas à ses ennemis – qu'il est le roi.

— C'est gentil d'être passé, Sevastian ! lance Pieter Kerris quand il rejoint ses pairs.

Jackson Ring frappe son épaule tandis que deux autres joueurs le saluent.

— Sevastian Novikov, qu'on ne présente plus ! reprend le président de la ligue. Il défendra son titre pour la dernière fois, cette année.

— J'adore ton boulot, Ella ! chuchote ma sœur qui couve les deux hommes d'un regard gourmand. Quel âge il a, Sevi ? Trente-quatre ? Trente-cinq ans ?

Je fais l'ignorante :

— Qui ça ?

— C'est son surnom ! C'est une de ses conquêtes qui a popularisé ce truc.

— Tu n'as pas inventé ça toute seule, Val !

— Le cabinet a investi dans l'abonnement de vrais magazines *people* pour faire patienter nos clients, explique-t-elle avec sérieux. Se vider la tête avant de se la prendre, c'est un concept à l'essai… Il se peut que je sois tombée sur un article intéressant pendant ma pause-déjeuner…

— Sevi…

Je le répète et l'éprouve sur la pointe de ma langue, songeuse.

— C'est sexy, rajoute ma sœur. Comme lui.

— Peut-être…

— C'est vif ! Sûrement comme lui aussi, au lit…

Je frissonne en l'imaginant avec une femme, dans une des suites de l'Excelsior. Nous ne vivons pas sur la même planète : partager un acte aussi intime avec une créature si fabuleuse me paraît absurde autant qu'inconcevable.

— Sevastian ou Jackson ? La lune ou le soleil ? me glisse ma sœur qui n'a pas changé de chaîne, ni de registre.

C'est amusant qu'elle analyse le spectacle de cette manière.

Je n'ai pas besoin de réfléchir longtemps :

— Je me damne pour Novikov.

— Oh, je crois bien que moi aussi…

Kerris termine son discours et nous souhaite de passer une bonne soirée. Les festivités sont lancées. Valentina et moi nous faisons resservir une nouvelle tournée avant que deux journalistes anglais se chargent de venir nous courtiser.

Cet intermède nous occupe une bonne heure. Ils sont séducteurs, ils ont de l'humour, mais je suis refroidie en apercevant la pointe d'un tatouage tribal qui dépasse sous la manche de la chemisette d'un des Britanniques. Le dernier à avoir arboré ce genre d'œuvre d'art a laissé mon cœur en friche. Depuis, j'y regarde à deux fois avant de me donner aux adeptes de la pratique.

Valentina mène les débats : je me contente de ne pas rentrer dans le jeu de nos soupirants. Nous finissons par leur faire comprendre que nous ne sommes pas intéressées et nous retrouvons seules à nouveau. Le milieu est bel et bien fermé aux non-initiés.

— Tu vas survivre dans cette jungle, Ella ?

— Tu t'inquiètes ?

— Un peu... avoue-t-elle avant de siroter une nouvelle gorgée du délicieux champagne.

— Ce ne sont que des mondanités. Quand on n'a pas de réseau digne de ce nom, pas de patronyme célèbre, on fait avec ce qu'on a. Et ce que j'ai tient au bout de ma plume.

— D'accord...

— Tu n'y crois pas ?

— En ton talent ? Bien sûr que si ! Mais je mesure à quel point tu vas être seule.

Je ricane.

— Ça ne changera pas grand-chose, tu sais ! J'ai été seule aussi à Miami, et encore aujourd'hui, quand je débarque dans la salle de rédaction. J'ai appris à faire avec.

Je n'évoque pas cette solitude qui me pèse lorsque je rentre, le soir, et que personne ne m'attend derrière la porte de mon appartement.

— Certes, mais l'imaginer est différent de le constater sur le terrain.

— Toi, tu n'es pas seule, peut-être ?

Elle porte le verre à ses lèvres et esquisse un sourire. Nous ne nous aventurerons pas sur ce terrain.

— Je retire ce que je viens de dire, dit-elle en me donnant un coup de coude – trop violent à mon goût. Voilà ton nouveau copain.

Le jeune médecin se dirige vers nous. Il semble heureux de nous avoir retrouvées.

— C'est le moment où je dois partir…

— Déjà ? Je croyais que tu en avais pour une demi-heure ?

— Échanger quelques mots avec ton nouvel admirateur, remonter prendre mes affaires dans la chambre, me changer, déposer le pass à la réception, te faire un dernier bisou. Je crois que le compte est bon !

— Tu vas te changer ?

— Je n'ai pas envie d'attirer l'attention quand je rentrerai.

Valentina aime être admirée à sa juste valeur – sous les projecteurs, quand l'occasion se présente –, mais elle a ses limites.

— Bonsoir ! lance le jeune homme dont je ne connais pas le nom.

C'est vrai qu'il ne regarde que moi. Et qu'il est beau. Je sais déjà que je l'intéresse et il ne cherche pas à le cacher. Son sourire est franc, comme ses intentions.

— Et au revoir ! répond Val d'une voix trop enjouée. Ella, je te bisouille maintenant, au risque de ne pas te retrouver tout à l'heure.

Je la fusille du regard lorsque je la vois hausser les sourcils d'un air suggestif.

— Vous prenez le relais, docteur ? Docteur… ?

— Tessier. Lucas Tessier, répond l'inconnu, amusé par les facéties de ma sœur. Et je resterai tant qu'Ella me l'autorisera.

Ma jumelle claque un baiser sonore sur ma joue et se penche vers mon oreille.

— Je suis sûre qu'il n'a pas de tatouages, celui-là… Vous êtes faits l'un pour l'autre. Mais sortez couverts !

J'espère que le beau gosse n'a rien entendu…

— Je t'appelle, Val.

— J'y compte bien, Junior !

Nous nous sourions une dernière fois, puis elle s'éloigne pour pénétrer à l'intérieur du somptueux bâtiment.

Voilà, je suis lancée sur les rails. Sans béquille, avec mes ambitions et mon cœur en papier mâché.

Ma poitrine est oppressée, je me sens presque abandonnée. Je bois une gorgée de ce merveilleux champagne pour me donner le courage d'affronter mon sort. J'avoue qu'elle ne passe pas aussi bien que je le voudrais.

— Il est bon, n'est-ce pas ?

Mon nouvel allié ne m'a pas quittée des yeux.

— Je n'en ai jamais goûté de meilleur. Vous n'en reprenez pas ?

— Je suis à l'œuvre aux aurores, demain. Si je procède à des prélèvements en sentant l'alcool à dix kilomètres à la ronde, je risque de ne pas être crédible.

— Et c'est vous qui serez soumis aux contrôles !

— Ce serait légitime !

Nous nous regardons en silence. Je baisse les yeux en serrant les lèvres, pour donner le change, pour lui montrer que je ne suis pas indifférente, mais pas une séductrice hors pair non plus.

— Oh, et puis merde ! s'exclame-t-il en se retournant vers le comptoir pour prendre une coupe.

Je m'amuse de l'avoir dévergondé.

— Vous venez d'arriver ? reprend-il, sérieux.

— Je débarque, oui.

Nous sommes interrompus par un cri strident et nous nous tournons en même temps vers la piscine à débordement.

Jackson Ring et son compatriote, Michael Glover, menacent de faire basculer une très jeune joueuse dans le bassin. Les eaux ont pris une teinte orange lumineuse, éclairées çà et là par les spots enfoncés au cœur des mosaïques.

L'immense Russe reste à l'écart des autres. Il tient son verre à bout de bras entre son index et son majeur, et regarde les jeunes chahuter en souriant.

— Vous connaissiez le monde du tennis avant ça ?

Je me tourne vers Lucas Tessier, qui contemple mon visage. Son regard foncé – mais bienveillant – pétille de curiosité.

— Non. Du moins pas sous cet aspect.

— C'est ce qu'a évoqué votre sœur, tout à l'heure.

Valentina parle trop ! Je me promets de le lui faire regretter la prochaine fois que nous nous retrouverons.

Un hurlement suspend un instant notre discussion : Ring vient de tomber dans la piscine. Son public s'esclaffe, les officiels et les journalistes sourient.

— Ils ont besoin de décompresser, intervient le jeune médecin. Ils seront mis à rude épreuve dès demain. Il n'y aura plus de place pour la fête et la déconne.

— Dommage, moi qui venais là pour jouer les pique-assiette et rigoler…

Lucas est amusé.

— Vous venez pour Myers, c'est ça ?

Je réplique, agacée :

— C'est Valentina qui vous l'a raconté ?

— Oui. Et je les ai entendus parler d'une journaliste française, cet après-midi, dans la salle de presse. Ce soir, je vous retrouve dans le cénacle.

— En théorie seulement…

— Diane Todd est venue vous chercher pour vous emmener *les* voir, insiste-t-il.

Il m'a espionnée toute la soirée. Je suis intriguée, et même flattée.

— Vous n'avez rien eu d'autre à faire ce soir, docteur Tessier ?

Lucas porte le verre à ses lèvres et m'adresse un clin d'œil. Je reprends en tentant de ne pas entrer dans son jeu :

— Et qu'est-ce qu'un toubib faisait dans la salle de presse ?

— J'étais avec Arek Nazadian, le directeur de l'agence anti-dopage. Nous prenions connaissance de l'emploi du temps de la diva à Monte-Carlo.

La question fuse avant même que je me demande si elle était pertinente :

— Vous allez la contrôler ?

— Secret défense.

— Je reformule. Est-ce que vous allez procéder à beaucoup de contrôles demain ?

Lucas se penche vers moi. Les effluves de son parfum aux notes fraîches et marines me chatouillent les narines, son regard devient malicieux. Il est sacrément charmeur, tout compte fait.

— Je vous le dis à condition que vous dîniez avec moi demain soir.

Je m'écarte en riant tandis qu'il se redresse, fier de sa ruse. Au loin, je croise un autre regard, plus clair. C'est celui du Russe. Il se fait insistant, à tel point que cela en devient embarrassant.

— Vous êtes bel et bien journaliste. Une vraie ! s'exclame Lucas.

Rien que parce qu'il a osé me présenter les choses de cette manière, j'accepterai son invitation.

— Je prends ça comme un compliment.

— Vous pouvez, mademoiselle Rosenthal.

— Donc, qui jouera demain ? Myers, Ring, et puis ?

— Vous l'ignorez ? s'étonne-t-il.

— Il semblerait…

Je suis penaude. Ma cote professionnelle vient d'en prendre un coup.

— Je vais vous aider… Myers, Ring, Jones, Glover, Azaïs, Luz, Blum et Novikov. Faites vos jeux !

— Je ne suis pas chanceuse.

Il lève un sourcil, je sais à quoi il pense.

Non, docteur, mes amours ne se sont jamais aussi mal portées.

À suivre…

Pour l'éditeur, le principe est d'utiliser des papiers composés de fibres naturelles, renouvelables, recyclables et fabriquées à partir de bois issus de forêts qui adoptent un système d'aménagement durable. En outre, l'éditeur attend de ses fournisseurs de papier qu'ils s'inscrivent dans une démarche de certification environnementale reconnue.

Composition Nord Compo

PAPIER À BASE DE FIBRES CERTIFIÉES

hachette s'engage pour l'environnement en réduisant l'empreinte carbone de ses livres. Celle de cet exemplaire est de : 500 g éq. CO_2 Rendez-vous sur www.hachette-durable.fr

Achevé d'imprimer en France par CPI
Dépôt légal 1re publication juillet 2017
63.3088.6 – ISBN : 978-2-01-225578-4
Édition 01 – Dépôt légal : juillet 2017
N° d' impression : 3023762